中國語言文字研究輯刊

九　編

許 錟 輝 主編

第14冊

《王三》異讀研究

趙　庸 著

花木蘭文化出版社

國家圖書館出版品預行編目資料

《王三》異讀研究／趙庸 著 -- 初版 -- 新北市：花木蘭文化出版社，2015〔民104〕

目 2+146 面；21×29.7 公分

（中國語言文字研究輯刊 九編；第14冊）

ISBN 978-986-404-395-8（精裝）

1. 漢語 2. 聲韻學

802.08 104014811

ISBN- 978-986-404-395-8

中國語言文字研究輯刊

九 編 第十四冊 ISBN：978-986-404-395-8

《王三》異讀研究

作　　者　趙　庸

主　　編　許錟輝

總 編 輯　杜潔祥

副總編輯　楊嘉樂

編　　輯　許郁翎

出　　版　花木蘭文化出版社

社　　長　高小娟

聯絡地址　235 新北市中和區中安街七二號十三樓

電話：02-2923-1455／傳真：02-2923-1452

網　　址　http://www.huamulan.tw 信箱 hml 810518@gmail.com

印　　刷　普羅文化出版廣告事業

初　　版　2015年9月

全書字數　112292字

定　　價　九編16冊（精裝） 台幣40,000元

《王三》異讀研究

趙　庸著

作者簡介

趙庸，1981 年生，浙江杭州人。於浙江大學獲文學學士學位、文學博士學位，現供職於華東師範大學。主要從事中古音和中古韻書的研究工作。曾在《語言研究》《語言科學》《漢語史學報》《漢語史研究集刊》《語文建設》等刊物發表論文。主持國家級和省部級科研基金項目。曾獲丁邦新語言學獎、上海青年語言學者優秀論文獎。

提　要

《王三》（全稱《王仁眴刊謬補缺切韻》）異讀大部分是一字二音，少量爲一字三音或四音。比較《王三》又音紀錄可知：韻書卷次越靠前，撰者或抄者越是勤於音注；撰者或抄者確實曾著意在去聲卷中多施筆墨以提醒去聲的特殊性；入聲又音失注除和卷次靠後有關，可能還反映了撰者和抄者對入聲異讀的敏感度。

《王三》異讀的注音術語基本形式是反切注音法和直音注音法，其他形式反映了《王三》注音的靈活性。《廣韻》習見而《王三》未見的術語反映了唐宋學術發展的進步，也暗示了時人對音節結構分析的認識水平。

比較《王三》和箋三、《切二》的又音，可以發現《王三》對前書又音的繼承非常忠誠，《王三》和《切二》的關係比與箋三的關係要更密切一些，箋三、《切二》、《王三》增注又音彼此獨立，增注的都不是時音。

《王三》的異讀從文獻上可以溯源爲前人的典籍音注。生成原因大致有假借、誤認聲旁、方俗差異、語流音變、音以義別。

《王三》地名異讀主要反映的不是方言差異。個別僅是文字現象。聲母異讀反映的大多不是歷史音變關係，而是上古時期語音就已走了不同的發展道路。韻母異讀有歷史音變的反映，更多的情況可以直接追溯到上古時期。聲調異讀有關涉上聲的傾向，應該是四聲產生的表徵。地名異讀中有聲旁類推的現象。

教育部人文社會科學研究項目（11YJC740156）
上海市哲學社會科學規劃課題（2011EYY003）

目次

第一章　緒　論

第一節　王仁昫與《王三》

一、王仁昫其人

王仁昫，唐人，里籍及行藏無傳。《王三》卷首《刊謬補缺切韻序》文題次行自署「朝議郎行衢州信安縣尉王仁昫字德溫新撰定」，知王氏字德溫，曾官至朝議郎，代理衢州信安縣尉。據其序文「所撰《字樣音注律》等，謬承清白之譽，叨眷註撰之能」句，知除刊謬補缺《切韻》外，另修有《字樣音注律》等書，惜亦無可考。其名後世亦書作「王仁煦」。

二、《王三》概況

（一）稱名

此卷稱名甚夥。

（1）原題《刊謬補缺切韻》，因爲王氏所撰，故完稱《王仁昫刊謬補缺切韻》。此名通常亦用來統稱《王一》（敦煌本《王韻》，即 P.2011 號）、《王二》（項跋本《王韻》，即內府本《刊謬補缺切韻》，亦即裴務齊正字本《刊謬補缺切韻》）、《王三》及其他《王韻》殘葉。有時又因《王二》與《王一》、《王三》源流異出，《王仁昫刊謬補缺切韻》之名只用來合稱《王一》和《王三》。

（2）因現世於《王一》、《王二》之後，故習稱《王三》。

（3）因其完袟，亦稱《全王》。

（4）因原藏於故宮，故稱故宮本《王韻》。

（5）因卷末有宋濂跋記，故亦稱宋跋本《王韻》。

（6）因傳存於國內，而非流散於海外，又現世於蔣斧藏本《唐韻》（國一）和裴務齊正字本《刊謬補缺切韻》（國二）之後，故編號「國三」。

（二）版本

此卷存 24 葉，47 面，全袟。除第一葉，皆兩面書，每面 35 或 36 行。朱絲欄。楷字手書，端正，有顏眞卿筆意。朱筆數目字數。雌黃脫落處烏暗。初爲冊子本，今爲龍鱗裝〔註 1〕。宋跋云：「前後七印俱完。」知是宋徽宗宣和內府原裝格式。王序言：「舊本墨寫，新加朱書，兼本闕訓，亦用朱書〔註 2〕。」今卷子未見朱書「新加」、「補訓」，知爲傳抄本，非王仁昫原件，又卷末宋跋云：「右吳彩鸞所書刊謬補缺切韻」，亦證。《石渠寶笈》卷二十九志「唐吳彩鸞書唐韻一卷」云：

> 素箋本，楷書，并註，無款，姓名見跋中。凡二十四幅，俱正背兩面書，第一幅只書一面。幅前有「文府寶傳」一印，又「吳俊仲傑」一印。末幅有「明德執中」一璽，又「清眞軒」、「駙馬都尉王府圖書」、「吳俊仲傑」諸印。又押字一，上鈐「河南書記」一印，又半印三，漫漶不可識。又宋濂跋云：「右吳彩鸞所書《刊謬補缺切韻》。宋徽廟用泥金題籤，而前後七印俱完，裝潢之精，亦出於宣和內匠，其爲眞蹟無疑。余舊於東觀見二本，紙墨與之正同，第所多者柳公權之題識耳。誠希世之珍哉！翰林學士承旨金華宋濂記。」前隔水有「洪武參拾壹年肆月初九日重裝」十三字，又「褾褙匠曹觀」五字。押縫有「文華之記」一印。後隔水押縫有「政和」璽二、「宣和」一璽。拖尾有「內府圖書之印」一璽，又「吳俊仲傑」、「橫河」、「精舍」三印。幅高八寸三分，廣一尺五寸二分。」〔註 3〕

所記與今本《王三》合。

〔註 1〕周祖謨《唐五代韻書集存》，中華書局，1983 年，第 885 頁。

〔註 2〕「書」字《王二》、P.2129 號作「寫」。

〔註 3〕張照等《石渠寶笈・初編》，《四庫全書》，臺灣商務印書館，1983 年，第 825 冊，第 182 頁。

（三）體例

卷首有王氏自序和陸法言序。全書共 195 韻，從忝㮇韻中析出广（儼）嚴（釅）二韻以成嚴韻系四聲相承之格局。依平上去入佈次，乏韻末標題「切韻卷第五」，實只分四卷，誤合上平、下平五十四韻爲一卷〔註 4〕。每卷下依次大韻，大韻下序列小韻，每小韻爲一紐，無韻圈、紐點。小韻首字下先出反切，作「某某反」，次出訓釋，末題紐字數，紐字數包括新加字。若某字有異讀，則於訓釋下出注又音，作「又某某反」、「又音某」之類：

夏：時，又胡雅反。（禡韻，口訝反，504）

有時又音下又有論及字形或釋義的文字：

逨：就，又落哀反，亦作徠。（代韻，洛代反，498）

嗢：咽，又烏沒反，笑。（黠韻，烏八反，516）

（四）源流

《切韻》系書脈絡錯綜複雜，至難梳理。周祖謨依字數、體例、內容等反映的時間早晚，括其大概，分爲七類：陸法言切韻傳寫本、箋注本切韻、增字加訓本切韻、王仁昫刊謬補缺切韻、裴務齊正字本刊謬補缺切韻、唐韻寫本、五代本韻書。《王三》屬第四類〔註 5〕。周氏又比較第二類之箋注本切韻一（S.2071 號，即《切三》）、箋注本切韻二（S.2055 號，即《切二》）、箋注本切韻三（P.3963 號、P.3694 號、P.3696 號、S.6176 號），第四類之《王一》、《王三》，第五類之《王二》，第六類之蔣藏本《唐韻》，認爲第二、三類幾種韻書關係比較密切，並就它們的前後關係推斷如下〔註 6〕：

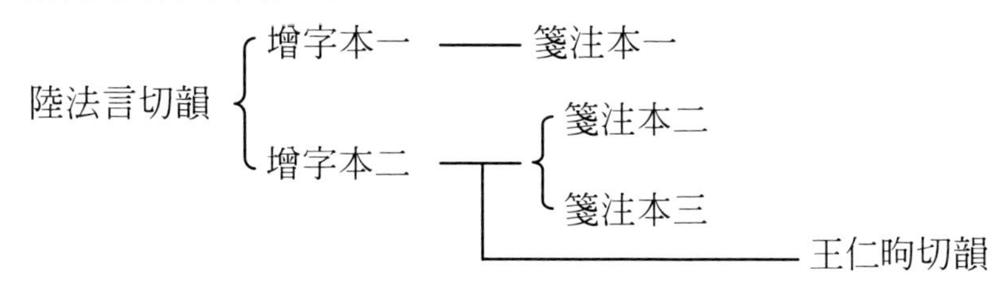

〔註 4〕《王三》各卷韻目前記本卷字數，四卷分別爲 12063、12016、12014、12077。平聲卷斷不能僅收 12063 字，是知《王三》上平、下平置於一卷實爲誤合，而非體例如是。《切韻》系書上平、下平分卷是常例。

〔註 5〕周祖謨《唐五代韻書集存》，中華書局，1983 年，第 7～9 頁。

〔註 6〕周祖謨《唐五代韻書集存》，中華書局，1983 年，第 851 頁。

據此可知，《王三》與箋注本二、箋注本三的底本相近，時間上晚於箋注本一，所據底本與箋注本一也有不同。從源流上看，《王三》的傳承可能並不太複雜，底本是較接近陸法言原書的一種書，但是《王三》的整體面貌時代相對靠後，這其中的銜接可能不少是王氏的加工。

（五）成書年代

《王三》卷紙上未明確書記著作年代。關於這一問題，存世有三種說法：

（1）作於唐太宗貞觀年間。厲鼎煃持此說。（見 1934 年北京大學《國學季刊》第四卷）

（2）編纂的時代較晚，大概是唐武后時代的書。陸志韋持此說。（見 1939 年《燕京學報》第 26 期）

（3）作於唐中宗神龍二年（706）。唐蘭持此說。（見故宮博物院影印的宋跋本《王韻》後附之唐蘭跋語〔註 7〕）

周祖謨主唐蘭說，又從避諱、職官、唐史等方面出發，與王序相互啓發，加以論證〔註 8〕，是爲定讞。

需要補充一點。通常論及韻書的時代往往模糊著作年代和抄寫年代。這個問題上魏建功（1949）〔註 9〕有清楚的認識：「王仁昫的著作最早，以現在的本子說，法四〔註 10〕與原本接近……國三是依據原本系統的晚出的鈔本；國三雖是完整，從校勘比對的工夫上，必得說不是唐人寫本。」〔註 11〕「故宮博物院印行的王仁昫《刊謬補缺切韻》完整本（國三）不能是唐代很早的寫本，更說不到是王仁昫的原本，甚至於要懷疑它是唐以後的人根據唐本傳鈔的。」〔註 12〕

〔註 7〕唐蘭跋語今亦見附於龍宇純《唐寫全本王仁昫刊謬補缺切韻校箋》，香港中文大學，1968 年。

〔註 8〕周祖謨《王仁昫切韻著作年代釋疑》，《問學集》，中華書局，1966 年，第 485～493 頁。

〔註 9〕魏建功《故宮完整本王仁昫〈刊謬補缺切韻〉緒論之甲》，1949 年。原載《國學季刊》第 7 卷第 2 期，1951 年。又見魏建功《魏建功文集》（第二卷），江蘇教育出版社，2001 年，第 575～649 頁。

〔註 10〕即《王一》。

〔註 11〕魏建功《故宮完整本王仁昫〈刊謬補缺切韻〉緒論之甲》，《魏建功文集》（第二卷），江蘇教育出版社，2001 年，第 575 頁。

〔註 12〕魏建功《故宮完整本王仁昫〈刊謬補缺切韻〉緒論之甲》，《魏建功文集》（第二卷），江蘇教育出版社，2001 年，第 642 頁。

不過，魏氏可能只說對了一半，《王韻》原本確實早出，《王三》也不等於《王韻》原書，但《王三》的抄成年代未必晚至唐以後。魏氏的立論主要依據校勘比對和寫韻風尚，然《切韻》系書流佈的時地因素相當紛繁，魏氏的考論依據略顯單薄，難免有先天不足的缺陷。另外，魏氏所舉的一些證據尚需推敲，如避諱、俗訛字等，據近來敦煌及其他寫卷的研究成果看，魏氏提出的「寫書的人至少沒有唐代的時代習慣的劃一」〔註13〕很難說是鐵證，倒是從整體面貌看，《王三》的唐代氣象更爲突出。

《王三》著作年代和抄寫年代的跨度不會損傷《王三》在音史上的價值。該問題的明確只是作一個提醒：今見卷子可能間或雜入傳抄過程中的一些晚出成分，這些成分是需要謹加辨識的。

（六）旨趣

王氏自序云：

> 蒙索書看，曲垂幽旨，遂顧謂昫曰：「陸法言《切韻》，時俗共重，以爲典規。然苦〔註14〕字少，復闕字義，可爲《刊謬〔註15〕補缺切韻》，削舊濫俗，添新正典，并各加訓。啓導愚蒙，救俗切韻〔註16〕，斯〔註17〕便要省。既字該樣式，乃備應危疑，韻以部居，分別清切。舊本墨寫，新加朱書，兼本闕訓，亦用朱書。其字有疑，亦〔註18〕略注所從，以決疑謬。使各區析，不相雜廁。則家家競寫，

〔註13〕魏建功《故宮完整本王仁昫〈刊謬補缺切韻〉緒論之甲》，《魏建功文集》（第二卷），江蘇教育出版社，2001年，第645頁。

〔註14〕「苦」原作「若」，茲徑改，據龍宇純《唐寫全本王仁昫刊謬補缺切韻校箋》，香港中文大學，1968年，校箋部分第2頁。

〔註15〕《王三》卷殘，「爲刊謬」三字不得見，茲徑補，據龍宇純《唐寫全本王仁昫刊謬補缺切韻校箋》，香港中文大學，1968年，校箋部分第2頁。

〔註16〕「韻」原作「清」，茲徑改，據龍宇純《唐寫全本王仁昫刊謬補缺切韻校箋》，香港中文大學，1968年，校箋部分第2頁。

〔註17〕「斯」前原有「須」字，衍，茲徑刪，據龍宇純《唐寫全本王仁昫刊謬補缺切韻校箋》，香港中文大學，1968年，校箋部分第2頁。

〔註18〕「亦」前原有「涉」字，衍，茲徑刪，據龍宇純《唐寫全本王仁昫刊謬補缺切韻校箋》，香港中文大學，1968年，校箋部分第2頁。

人人習傳，濟俗救凡，豈過斯甚。」昫沐承高議，課率下愚，謹依《切韻》增加，亦各隨韻註訓，仍於韻目具數云爾。〔註19〕

此段自序陳述王仁昫修書《切韻》的緣起和主要內容：因江南東道巡察黜陟大使侍御史平侯嗣先的提議，王仁昫刊謬補缺《切韻》；新韻「謹依《切韻》增加」，分韻、韻次及歸韻不變；若有俗訛，則「削舊濫俗，添新正典」；「苦字少」、「闕字義」故而增字加訓；遇「字有疑」，則注明字的來歷出處；新舊文字朱墨分明。由此諸端可見，《王韻》與《切韻》一脈相承，其題序「刊謬補缺」四字正是王氏修書的主要工作。今觀《王韻》大貌，王氏所言不虛。

王氏祖述陸書，遇有需「刊謬補缺」之處，有時詳加按語，云陸如何，復案己見。唐蘭輯《王一》、《王三》明確指出陸韻失當之處，共十二事：

（1）鞾　鞾鞋，無反語。火戈反，又希波反。陸無反語，何□誣於古今。（平聲三十三歌）

（2）广　虞俺反，陸無此韻目，失。（上聲韻目）

（3）范　符山反，陸無反，取凡之上聲，失。（上聲韻目又五十二范）

（4）湩　都隴反，濁多。此是冬字之上聲。陸云，冬無上聲，何失甚。（上聲二腫）

（5）輢　於綺反，車輢。陸於倚韻作於綺反之，於此輢韻又於綺反之，音既同反，不合兩處出韻，失何傷甚。（上聲四紙）

（6）汜　音似者在城皐東，是曹咎所渡水。音凡者在襄城縣南汜城，是周王出屈城曰南汜。音匹劍反者在中牟縣汜澤，是晉伐鄭師于汜曰東汜。三所各別，陸訓不當，故不錄。（上聲六止）

（7）巹　瓢，酒器，婚禮所用。陸訓巹敬字爲瓢字，俗行大失。（上聲十八隱）

〔註19〕周祖謨《唐五代韻書集存》，中華書局，1983年，第434頁。《集存》卷底漫漶不清，今錄文據龍宇純《唐寫全本王仁昫刊謬補缺切韻校箋》，香港中文大學，1968年，摹錄部分第1頁。

（8）言　語偃反，言言脣急。陸生載此言言二字，列於切韻，事不稽古，便涉字妖。（上聲十九阮）

（9）嚴　魚淹反，陸無此韻目，失。（去聲韻目）

（10）足　案緅字陸以子句反之，此足字又以即具反之，音既無別，故併足。（去聲十遇）

（11）凸　陸云高起，字書無此字，陸入切韻，何考研之不當。（入聲十四屑）

（12）凹　下，或作容，正作⿸广合。案凹無所從，傷俗尤甚。名之切韻，誠曰典音，陸采編之，故詳其失。（入聲二十二洽）〔註20〕

另有一處，唐氏失錄：

（13）蕃　草盛。陸以爲蕃屏，失。（平聲二十一元）

第（5）（6）（7）（8）（10）（11）（12）（13）都是對陸書的刊正，第（1）（2）（3）（4）（9）則爲補缺。

《顏氏家訓·音辭》:「自茲厥後，音韻鋒出，各有土風，遞相非笑，指馬之諭，未知孰是。」〔註21〕而陸韻一出，各家韻書逐漸湮沒，足見確實是「陸法言《切韻》，時俗共重，以爲典規」。如是，王氏雖並舉「刊謬」與「補缺」，但實際上刊謬必不可能太多，主要的工作還是補缺。

S.2683 號即《切一》，屬「陸法言切韻傳寫本」一類〔註22〕，是現存韻書及殘葉中最接近陸書原貌的一類。趙誠比勘 S.2683 號和《王三》潸韻的情況：

> 潸數板反，一。○綰繫，烏板反，一。○板布綰反，一。○⿰面乍⿰面乍⿰面奈，面皺，側板反。一。○赧面赤，奴板反，二。⿰面奈⿰面乍⿰面奈。○僩武皃，一曰寬大，下板反，又姑限反，一。○睕大目，户板反，二。鯇魚名。○阪扶板反，又方晚反，一。○矕視皃，武板反，一。○⿰齒戔⿰齒戔⿰齒干，齒不正，士板反，一。○⿰齒干五板反，一。○⿰犭戔齧，初板反，一。○莧莧〔註23〕尒，笑皃，胡板反，一。

〔註20〕唐蘭《唐寫本王仁昫刊謬補缺切韻跋》，見龍宇純《唐寫全本王仁昫刊謬補缺切韻校箋》，香港中文大學，1968 年，唐蘭跋文部分第 1～2 頁。

〔註21〕王利器《顏氏家訓集解》，中華書局，1993 年，第 529 頁。

〔註22〕周祖謨《唐五代韻書集存》，中華書局，1983 年，第 7 頁。

〔註23〕「莧」即「莞」字，敦煌俗書如是，茲徑錄，《王三》同。

以上 S.2683 卷，共收十五字，四字無訓釋，齗承齾字訓解而省，實三字無訓釋。

潸數板反，悲涕，一。綰烏板反，繫，一。板布綰反，薄木，五。版大。瓪牝瓦，又博秤反。鈑金餅餅。蝂負。醡側板反，面皺，一。赧奴板反，面赤，四。醡醡。㬇溫濕。戁慙，又人善反。僩胡板反，武皃，一曰寬大，又姑限反，一。橌木大。睆户板反，大目，四。鯇魚名。麲全麥麴，又胡昆反。阪扶板反，坂，又方晚反。矕武板反，視皃，一。蕄子可食。一。齾士板反，齒不正，一。㹀初板反，齧㹀，一。齗五板反，齾齗，一。莧胡板反，莧尔，笑皃，二。睅大目。眅普板反。目中白。一。

以上《王韻》共收字二十六，增加了十一字。原無義訓的都一一作了增補。除㹀字從齗後移前外，韻字排列次序未變。陸韻義訓在前，反語在後；王韻反語在前，義訓在後，這是體例上的小變。從這個比較，證明王仁昫在序中所說的「謹依切韻增加，亦各隨韻註訓」，是確實的。〔註 24〕

趙誠的比勘很能說明問題，斷語也是允當的。王書總體說來是對前代韻書進行「補缺」。這一點《王三》的收字情況也有同樣的表現。

關長龍、曾波推斷《切二》全書韻字約在 12500 字左右〔註 25〕。周祖謨估計陸法言原書所收韻字不會多於 11000 字，《切三》約 11248 字〔註 26〕，《王三》據我們統計爲 17083 字〔註 27〕。《王三》比之前書，收字的增加是很明顯的，增加的字數可能是《切韻》原書的二分之一。正如王序文題下小注「補缺者謂加字及訓」。

王氏既然有增廣的初衷，增廣的行爲也就不會止於增字加訓。又音的增注是王氏行而未言的另一重要內容。據我們統計，《切三》共有又音 616 條，《王

〔註 24〕 趙誠《中國古代韻書》，中華書局，1979 年，第 36 頁。S.2683、《王三》本文依原卷過錄，分別據周祖謨《唐五代韻書集存》，中華書局，1983 年，第 66 頁，第 479 頁。

〔註 25〕 關長龍、曾波《敦煌韻書斯二〇五五之謎》，《浙江與敦煌學：常書鴻先生誕辰一百周年紀念文集》，浙江古籍出版社，2004 年，第 450 頁。

〔註 26〕 周祖謨《唐五代韻書集存》，中華書局，1983 年，第 832 頁。

〔註 27〕 周祖謨統計爲 16871 字，見周祖謨《唐五代韻書集存》，中華書局，1983 年，第 887 頁。

三》有 2451 條，絕對數量上《王三》是《切三》的三倍。如果考慮到《王三》總字數多於《切三》，5.48%（=616/11248，切三）和 14.35%（=2451/17083，王三）的又音出注率仍然可以直觀地反映出《王三》增收又音的傾向。

《切三》的 616 條又音中，7 條又音的屬字《王三》沒有收錄。《切三》、《王三》共有的 609 字中，《切三》有又音而《王三》無的共 134 條，餘下《切三》、《王三》共有可進行比較的又音共 475 條。大多數又音記錄每條只有一個反切，部分記錄並出數個反切，我們依照《切三》反切的排序，先只考察首個又音，475 個反切《切三》、《王三》音韻地位不同的僅 16 例，音韻地位相同的共 449 例，其中 368 例切語用字完全一致（不包括訛字和異寫），無論是 94.52%（=449/475）的毛吻合率還是 77.47%（=368/475）的淨吻合率都說明《王三》對前代韻書又音的處理以繼承爲主。如果把觀察擴展到第二個和第三個又音，這組毛、淨吻合率分別達到 92.59%（=25/27，第二個又音）、81.48%（=22/27，第二個又音）和 100%（=2/2，第三個又音）、100%（=2/2，第三個又音），刊謬仍然僅佔了極小的一部分。

第二節　相關研究回顧

一、《切韻》系書的又音

中古音是漢語音韻史中的津梁，《廣韻》又是中古音研究中的首要對象，不少問題的研究都發端於《廣韻》，前賢對又音問題的興趣最早也集中在《廣韻》。20 世紀早期，黃侃就注意到了《廣韻》中的又音問題，《廣韻所載又音》、《字有又音而不見本韻及他韻者》等文後來收入黃氏的《廣韻校錄》（1985）[註 28]。此後，在這一問題上用力最勤的主要有葛信益、余迺永等人。葛信益的成果集中收錄在《廣韻叢考》（1993）一書中，成於 1947 年的《〈廣韻〉異讀字發生之原因》綱舉目張地舉凡八事，指出方俗古今、音隨意變等都可能產生異讀，陸續發表於 1984、1985 年的《〈廣韻〉訛奪舉正》（增訂稿）《張氏澤存堂本〈廣韻〉異讀字形訛舉例》、《〈廣韻〉異讀字釋例》、《〈廣韻〉異讀字有兩體皆聲者》等文章則逐條分析《廣韻》又音的體例、成因等，在此前的研究基礎上又有拓展和深入。余迺永的研究主要體現在《新校互註宋本

[註 28]　上海古籍出版社，1985 年。又，中華書局，2006 年。

廣韻》一書之中，余氏於天頭地腳補正《廣韻》的又音，以「互註」的形式使異讀關係彰明，書後半部分的校勘記則逐條考校，是對《廣韻》又音問題研究比較徹底的實踐。

黃典誠也較早看到了又音的價值，如《反切異文在音韻發展研究中的作用》（1981）。黃氏還把視野擴展到《切韻》系書，《〈切韻〉的異讀：反切異文類聚》（1994）〔註 29〕認爲又音是漢語語音發展過程中的產物，可以用作上古至中古音史研究的材料，並以聲、韻（開合、等、對轉）、調爲單位，窮盡性地列表類聚《王三》的異讀，嘗試在系統上兼帶音義關係地考察《切韻》的異讀關係，具有前瞻性。

這方面的文章還有趙銳《〈廣韵〉又讀字的研究》（1961）、昌厚《隋代詩文用韻與〈廣韻〉的又音》（1962）、汪壽明《從〈廣韻〉的同義又讀字談〈廣韻〉音系〉（1980）、羅偉豪《關於〈切韻〉「又音」的類隔》（1983）、李長仁、方勤《試談〈廣韻〉「又讀」對漢語語音史研究的價值》（1984）、趙振鐸《〈廣韻〉的又讀字》（1984）、林濤《〈廣韵〉少數字今讀與其反切規律音有別的原因》（1989）、余行達《說〈廣韻〉的又音》（1992）和《再說〈廣韻〉的又音》（1993）、李葆嘉《〈廣韵〉眞諄部反切下字類隔芻議》（1996）和《〈廣韻〉大韻韻目與小韻韻目之字同切異考》（1996）、劉曉南《〈廣韵〉又音考誤》（1996）和《從〈廣韵〉又音看古代的語流音變》（1996）、李長仁《談〈廣韵〉「又讀」中的假借》（1996）和《論漢字異讀與詞義的發展》（1996）等。

學位論文有周金生《廣韻一字多音現象初探》（1979）、金慶淑《〈廣韻〉又音字與上古方音之研究》（1993）、姜嬉遠《唐寫全本王仁昫〈刊謬補缺切韻〉多音字初探》（1994）、史俊《〈廣韻〉異讀探討》（2005）、王婧《〈廣韻〉異讀研究》（2006）、曹潔《〈王三〉又音研究》（2006）。金文認爲同義又音字有共同的語源，方言中的不同讀音得自不同的音變軌跡，文章就韻部、介音、韻尾、聲母等方面討論《廣韻》又音字與上古音的對應關係及音韻變化的情形〔註 30〕。姜文從多音字形、音、義之間的關係出發，探討「一字多音」的來源、現象和

〔註 29〕 黃典誠《〈切韻〉綜合研究》，廈門大學出版社，1994 年，第 252～338 頁。

〔註 30〕 金慶淑《〈廣韻〉又音字與上古方音之研究・摘要》，國立臺灣大學中國文學所博士學位論文，1993 年。見 http://192.83.186.202/theabs/site/sh/detail_result.jsp。

價值，藉以考察唐代語音共時和歷時的情況〔註 31〕。曹文主要就混切、混韻、混調等現象描寫《王三》又音的平面語音系統，兼有歷時的考察。

近一個世紀來，對《切韻》系書又音問題的研究可謂持久長熱。討論從《廣韻》出發，漸向周邊韻書延伸，方法也從最初的又音整理發展爲對韻書源流、字音發展、方音差異、音變構詞、特殊音讀等多方面的探索，使《切韻》系書逐漸顯示出立體、多源的的語音結構，對《切韻》性質的討論也有推進之功。

二、《經典釋文》的異讀

近年來，利用《經典釋文》的異讀材料進行音變構詞研究漸成熱點。周祖謨《四聲別義釋例》（1945）〔註 32〕是最早產生重要影響的文章，他認爲這些變調異讀具有語法意義上的構詞特點。周法高《中國古代語法・構詞編》（1962）「音變」一章系統討論音變構詞的理論及其發展歷史，以《經典釋文》爲主採集了大量實例進行分類研究。取材《經典釋文》涉及異讀研究的還有王力《漢語史稿》（1958）〔註 33〕、唐納《Derivation by Tone-Change in Classical Chinese》（1959）、梅祖麟《四聲別義中的時間層次》（1980）、黃坤堯《〈經典釋文〉動詞異動新探》（1992）和《音義闡微》（1997）、孫玉文《漢語變調構詞研究》（2000）〔註 34〕、萬獻初《〈經典釋文〉音切類目研究》（2004）、沈建民《〈經典釋文〉音切研究》（2007）、王月婷《〈經典釋文〉異讀之音義規律探賾——以幫組和來母字爲例》（2007）等。各家就音變構詞這一語音事實已達成共識，但在分類、成因和發展階段等具體問題上還有討論。

三、韻書異讀研究的不足

二十世紀初，學界對《切韻》系書的整理工作主要著力於殘卷綴合、韻書考源、音切比勘等幾個方面，後來對《切韻》系書的音系研究主要取材《切韻》

〔註 31〕姜嬉遠《唐寫全本王仁昫〈刊謬補缺切韻〉多音字初探・摘要》，臺灣輔仁大學中國文學研究所碩士學位論文，1994。見 http://192.83.186.202/theabs/site/sh/detail_result.jsp。

〔註 32〕原載《輔仁學誌》第 13 卷 1、2 合期，1945 年。又見周祖謨《問學集》，中華書局，1966 年，第 81～119 頁。

〔註 33〕科學出版社，1958 年。又，中華書局，1980 年。

〔註 34〕北京大學出版社，2000 年。又，商務印書館，2007 年。

正切，又音是輔助性材料。對又音的關注主要是逐條的校注或考證，系統性的本體研究工作不足。

近些年來，漢字異讀的價值越來越受到重視。前賢從《經典釋文》等音義材料入手取得了不少研究成果。目前來看，相對比較薄弱的是對韻書異讀的研究。音義的形式是注音，但歸根結底是訓詁的手段，和韻書不盡相同。方孝岳對書音（即音義）和韻書的區別曾作過精闢的辨析：

> 書音者訓詁學，韻書者音韻學。韻書所以備日常語言之用，書音則臨文誦讀，各有專門。師説不同，則音讀隨之而異。往往字形爲此而音讀爲彼，其中有關古今對應或假借異文、經師讀破等等，就字論音有非當時一般習慣所具有者，皆韻書所不收也。所謂漢師音讀不見韻書者多，往往即爲此種，而此種實皆訓詁之資料，而非專門辨析音韻之資料〔註35〕。

音義的豐富性自然超過韻書，但典範性不如韻書。而且音義不能做到爲每個字注音，韻書卻可以盡其賅備。

所以，無論是韻書本體研究的需要，還是漢字異讀關係研究等方面的需要，韻書的異讀都應當引起足夠的重視。

〔註35〕 方孝岳《論〈經典釋文〉的音切和版本》，《中山大學學報》1979年第3期，第51～53頁。

第二章 《王三》異讀概述

第一節 異讀的界定和鑒別

一、異讀的界定

「異讀」又稱爲「又音」、「又讀」、「異音」。

李榮（1962）：「所謂又音是說一個字形有不同的讀音，意義或同或異。」「這句話需要從同音假借和字形分化方面加以補充。」「嚴格的說，音不同就是字不同，又音實在是不同的字。字形倒是次要的。」〔註1〕李榮對異讀的界說首先肯定了音讀的非唯一性，接著又強調了字形是異讀判斷中的非必要條件。換而言之，同一字形、或者形體不同但有歷史淵源的字形，只要有不同的讀音，都可視作異讀。

沈建民（2002）認爲：「『異讀』以『字』爲單位，通常也稱『又音』，是指一字有兩個或兩個以上音切的現象。」沈氏很看重音切在語音上的聯繫：「這兩個音切之間應有某種特定的語音上的聯繫，如果兩個音切之間沒有語音關係，就不能算是異讀。」他對這種語音上的聯繫的要求是：「兩個音的關係可以從發音原理上得到解釋。」因爲這條原則，沈建民在他的書作《〈經典釋文〉音切研究》（2007）

〔註1〕李榮《隋代詩文用韻與〈廣韻〉的又音》，《音韻存稿》，商務印書館，1982年，第210～211頁。

〔註2〕中區分了「又音」和「異讀」兩個術語，他把音切之間在發音原理上得不到解釋的一字多音稱爲「又音」，只有那些在語音上有可解釋的纔視作「異讀」。

李氏的界定比較寬泛，由於兼雜了文字層面的考慮，字形和詞義都屬於輔證性的成分。這種著眼於讀音數量而非音理關係的考察從文獻研究的角度講更容易把握語料的眞實。這也是目前大多數學者默認的工作前提。沈氏的研究意圖主要是從《經典釋文》的音切關係中了解上古漢語語音與形態之間的關係，也旁及歷史音變和方言差異引起的數音共存，即他提出的形態音變異讀和歷史音變異讀〔註3〕。所以，他對「異讀」這種剔除字形的定義和區分在他的研究中是可以自足的。

本題的研究預想首先是文獻背景下的，異讀的範圍劃定從李說，行文中也不刻意區分「異讀」和「又音」等的稱說。

二、異讀的鑒別

「異讀」的界說不首要強調字形，但在單條異讀記錄的確認上，必須首加詳辨。因爲字形作爲語音的載體，和語音並非都是理想的一對多關係，再者，字無定形在寫卷中表現尤爲明顯，字形的交涉很容易蒙蔽讀音的眞象。

（1）因字形俗訛混併而增衍又音

蟬：蜓蟬，又時延反。（先韻，徒賢反，453）

龍宇純校云：「各書本紐無蟬字，而彈下云誕彈。本書他前反誕下注文誤彈爲蟬，此亦彈字之誤耳，注文二字並誤從虫。又時延反，仙韻市連反無彈字，而與蟬字音同。切三此下無又切。廣韻云又他丹切，本書寒韻他單反下有彈字。疑因正文彈誤爲蟬，遂有此誤音。」〔註4〕

按：《切三・先韻》他前反：「誕，誕彈，語不正。」〔36〕〔頁82〕徒賢反：「彈，誕彈。」〔36〕〔頁82〕P.2014號背先韻他前反：「蜓，蜓蟬，語不正。」〔36〕〔頁749〕徒天反：「蟬，蟬蜓。」〔36〕〔頁749〕誕彈，疊韻聯綿詞，語不正，當從舌。俗書「虫」旁作「舌」，遂與「舌」旁混。「又時延反」爲字混而誤衍之讀。

〔註2〕原爲上海師範大學博士學位論文，2000年。

〔註3〕沈建民《〈經典釋文〉音切研究》，中華書局，2007年，第103～117頁。

〔註4〕龍宇純《唐寫全本王仁昫刊謬補缺切韻校箋》，香港中文大學，1968年，校箋部分第137頁。

（2）因字形俗訛乖互而異讀不顯

磕：苦盖反，浪磕。（泰韻，苦盖反，496）

磕：石聲。（盍韻，苦盍反，521）

按：寫卷常「盍」、「盖」不分。S.388 號「盍」、「盖」聚爲一類以辨析字形。《開蒙要訓》P.3875A 號「祫襠褌袴」句，首字 P.2578 號作「襊」。《龍龕手鏡・門部》「闔」正「闔」通〔20〕〔頁 95〕。《王三・盍韻》亦另有此類，胡臘反「謚」字作「謚」〔36〕〔頁 521〕。《王二・泰韻》：「磕，苦盖反，硠磕，石聲。」〔36〕〔頁 591〕《王二・褐韻》苦割反：「磕，石動，亦碣。」〔36〕〔頁 611〕《唐韻・泰韻》：「磕〔註 5〕，硠磕，苦盖反。」〔36〕〔頁 648〕《唐韻・曷韻》：「磕，石聲。」〔36〕〔頁 700〕均未以又音互見。《王三》「磕」、「磕」形異，又苦盖反下釋文「浪磕」不辭，不辨字即失察「磕」、「磕」爲一字異寫，苦盖、苦盍反互爲異讀。

龍宇純校云：「浪當從王二、唐韻、廣韻作硠，子虛賦云硠硠礚礚。」〔註 6〕

（3）因字形俗訛混同而異讀錯配

窊：烏瓜反，㾀。（麻韻，烏瓜反，460）

窳：烏坬反，㾀。（禡韻，烏坬反，504）

窳：器病，亦作窪。（麌韻，以主反，475）

按：烏坬反「窳」字，《王一・禡韻》同〔36〕〔頁 332〕，《王二》、《唐韻》禡韻未收〔36〕〔頁 600，頁 671〕。《說文・穴部》：「窊……从穴瓜聲。」大徐音「烏瓜切」〔31〕〔頁 152〕。《說文・穴部》：「窳……从穴㼌聲。」大徐音「以主切」〔31〕〔頁 152〕。《龍龕手鏡》「窊」、「窳」二屬「瓜」、「穴」部。「窊」均訓「凹也」義，瓜部平聲未注音切，穴部音「烏瓜反」〔20〕〔頁 195，頁 506〕。「窳」均音「以主切」，訓「器空，病也」義〔20〕〔頁 195，頁 508〕。《說文》、《龍龕手鏡》皆與《王三》麻韻「窊」、麌韻「窳」合。二字《說文》屬「穴」部，「瓜」、「㼌」爲聲，《龍龕手鏡》兼入「穴」、「瓜」部，知淺人之陋。「窊」字以「瓜」爲聲，故得麻禡韻平去相承，若「㼌」聲則聲旁之功用殆盡。俗書任意增減構件之事常有，「窊」既入麻禡韻，下部增

〔註 5〕此字《唐韻》存殘迹，右上部殘，茲據小注補出。

〔註 6〕龍宇純《唐寫全本王仁昫刊謬補缺切韻校箋》，香港中文大學，1968 年，校箋部分第 459 頁。

「瓜」似乎也在情理之中，只是如此改字，「烏坬反」原爲「窊」字又音，現卻轉與「窳」字構成異讀，一減一增，異讀錯配，不可不審。

文獻考校工作也對異讀整理頗有益處。

（4）上一字因涉下一字小注而衍又音

麖：乘輿金耳，又文彼反。（支韻，靡爲反，438）

龍宇純校云：「麖字各書云麖爛，乘輿金耳是䥯字注文。故下文䥯下云上是〻〔註7〕爛。又文彼反，亦下文䥯字又音，紙韻文彼反下有䥯字。」〔註8〕

按：「麖」、「䥯」爲上下字。「䥯」字條作：「乘輿金耳，上是麖爛。」「乘輿金耳，又文彼反」原是「䥯」字注，抄手誤抄於「麖」字下，蓋抄至「䥯」字始覺有誤，遂著「上是〻爛」以求辯正。《切二・支韻》：「麖，麖爛。」[36]〔頁152〕

（5）下一字因涉上一字小注而衍又音

槧：削板，又公斬反。（鹽韻，七廉反，468）

龍宇純校云：「又公斬反，各書𩫕韻無槧字。切三、王二並云又才敢反，切三敢誤作敗。本書字又見敢韻，音才敢反。此涉上文鹼字又切而誤。」〔註9〕

按：「鹼」、「槧」爲上下字。「鹼」字條作：「水和鹽，又公斬反。」P.2014號鹽韻七廉反：「槧，削板，又暫。」[36]〔頁759〕

（6）因小注脫字而誤以他字之讀爲又音

齵：齒重，又側遊反。（虞韻，語俱反，443）

龍宇純校云：「倉頡篇云齒重生，廣韻云齵齒重生。又側遊反，尤韻側鳩反下無此字；有齺字，注云齺齵齒偏。案說文齺，齵也；不當齵字亦音側遊反。疑此云『又齺，齺側遊反』。」〔註10〕

〔註7〕此重文符龍宇純校依底卷過錄。此號所代當爲「麖」字，不當因「上是〻爛」爲「䥯」字注文而誤識作「䥯」。

〔註8〕龍宇純《唐寫全本王仁昫刊謬補缺切韻校箋》，香港中文大學，1968年，校箋部分第22頁。

〔註9〕龍宇純《唐寫全本王仁昫刊謬補缺切韻校箋》，香港中文大學，1968年，校箋部分第261頁。

〔註10〕龍宇純《唐寫全本王仁昫刊謬補缺切韻校箋》，香港中文大學，1968年，校箋部分第56頁。

按：側遊反爲「齱」字音，《王三》脫「齱齱」字，遂於「齵」字下誤生又讀。P.2014 號虞韻虞紐下：「齵，齒不正也。」[36][頁746]

（7）因小注體例失範而誤以他字之讀爲又音

胆：虫在肉中，俗作蛆，又子魚反。（魚韻，七余反，443）

胆：蠅胆，亦作蛆。（御韻，七慮反，492）

蛆：蝍蛆，食蛇虫。（魚韻，子魚反，443）

按：《王三》如是注，「又子魚反」似爲「胆」字又音。非。《王三》「胆」字又音七慮反，而無子魚反一讀[36][頁443]，《切二》、《切三》、《廣韻》亦無[36][頁157，頁76]，[33][頁51]。「又子魚反」實是「蛆」字之讀。《切二》、《切三》、《廣韻》「蛆」字二收於七余、子魚反/切[36][頁157，頁76]，[33][頁51]。《切二・魚韻》七余反：「蛆，俗作蟲蛆。」[36][頁157]《切三・魚韻》七余反：「蛆，蟲。」[36][頁76]《廣韻・魚韻》七余切「蛆」次於「胆」下，注：「俗。」[33][頁48]是知「蛆」字七余反/切一讀蒙「胆」而有。《王三・魚韻》七余反下不出字頭「蛆」[36][443]，附在「胆」注中解字，故言「又子魚反」，然此注不合體例，極易使人生誤。若依正例，《王三》小注當作：「俗作蛆，蛆字又音子魚反。」

以上諸類異讀，除（2）類外，如果沒有在後代字書、韻書、音義等文獻中固定下來，即沒有得到承認，沒有習非成是，沒有生成新的異讀關係，那麼，這些現象最終也只是止步於一時一書的文獻錯訛，若未能眞正進入語言，我們的研究就該將它們剔除。

第二節 《王三》異讀的情況

一、《王三》異讀的數量及相關分析

我們分兩類統計。一類《王三》明確標出又音，如徒紅反：「潼，水名，關名，又他紅、昌容二反。」而且，雖然又音出了兩個反切，但因附在一個字頭下，仍計作一條又音紀錄。另一類《王三》未明確標出又音，如徒紅反：「峒，崆峒。」又徒弄反：「峒，磵深。」異讀關係賴字頭彰顯，計算紀錄數時字頭出現幾次就計作幾條，不避重複，計算異讀組數時不疊計重複字頭。以下數據全部得自我們的統計。

（一）《王三》明確標出又音的一類

《王三》明確注出又音的紀錄共 2451 條，平上去入四卷分別爲 989、496、624、341 條，從單純數據看，平聲的又音最多，去聲次之，上聲再次之，入聲最少。

下面來比對些複雜點的數據，希望通過數字可以看到一些更有價值的問題。

表格 1 《王三》明確標出又音的紀錄統計

		平	上	去	入
A	該卷又音條目的字頭數 ／ 該卷實收字數	14.73% =989/6714	15.26% =496/3251	17.09% =624/3651	9.84% =341/3467
B	該卷收字數 ／ 全書收字數	37.71% =6714/17803	18.26% =3251/17803	20.51% =3651/17803	19.47% =3467/17803
C	該卷又音條目的字頭數 ／ 全書又音條目的字頭數	40.35% =989/2451	20.24% =496/2451	25.46% =624/2451	13.91% =341/2451

分析一：A 組數據，去聲略高，入聲最低，且與平上去聲有一定差距，平上聲的又讀率相差不多，處於中間。

分析二：B 組數據和 C 組數據結合在一起看，又讀率去聲最高，而且高得比較明顯，入聲最低，低得也比較明顯。平聲 37.71%：40.35%、上聲 18.26%：20.24%的兩個數據對，說明平上聲的又讀率是常態的，比號「：」前後微小的比例增值可能反映了一些人爲的因素，比如韻書卷次越靠前，撰者或抄者越是勤於音注。

無論分析一還是分析二，都表明去聲是最容易出現又音的一個調類，入聲則最少牽涉到異讀關係。如果《王三》的又音出注基本是本於語音事實的，那麼，數字反映出來的趨向背後必然有實質性的語音導因。

（二）《王三》未明確標出又音的一類

做這一類統計之前先進行了一些文字處理工作。俗字、訛字、異構字、異寫字等正其本原以關聯異讀。如：彳—亻、虫—舌、歹—夕、禾—耒—黍、巾—忄、扌—木、糹—韋—革、攵—攴、衤—礻、舟—月、目—月、日—月、艸—𥫗、宀—穴、大—丌、山—心、疒—广、怱—忩、丩—乚、黽—龜、取—耴、叟—叜、委—妥、臽—舀、冘—冗、戉—戊、民—氏相混，鮤—⿰魚列、撇—撆、⿱山疑—嶷、⿰鳥余—鵌異位，闅—閿正俗，軥—靻正誤等。

《王三》未明確注出又音的紀錄共2087條，字頭出現兩次的共967組，出現三次的共47組，出現四次的共3組。即《王三》總共記錄了1017（=967+47+3）個此類字的異讀情況。

1、一字二音的情況

下表是同一字在兩個不同小韻中出現，即一字二音的情況，共967字：

表格2 《王三》未明確標出又音的紀錄統計之一字二音情況

	平	上	去	入
平	168	143	187	23
上		49	103	15
去			53	78
入				148

表格2顯示：

（1）入聲不傾向於和其他聲調異讀，尤其和平上聲，入聲自調異讀是大宗。

（2）平上去聲不傾向於自調異讀，而傾向於異調間（和入聲除外）異讀，相較而言，平聲不是特別排斥自調異讀。

（3）各聲調（去聲除外）都傾向於和去聲異讀。

a、平聲最傾向於和去聲異讀，而不是和上入聲。

b、上聲最傾向於和去聲異讀，而不是和平入聲〔註11〕。

c、入聲和去聲的異讀也爲數不少，不過仍遠不及自調異讀。

d、各聲和去聲異讀的發生率大致相當，異讀率依次爲上去 > 平去 > 入去〔註12〕。

2、一字三音的情況

下表是同一字在三個不同小韻中出現，即一字三音的情況，共47字：

表格3 《王三》未明確標出又音的紀錄統計之一字三音情況

平平平	1						
平平上	5	平上上	9				

〔註11〕從單純數據看，上聲和平聲異讀最多，但是平聲字數差不多是其他聲調的兩倍。

〔註12〕平去2.79%（=187/6714），上去3.17%（=103/3251），入去2.25%（=78/3467）。

平平去	8	平上去	4	平去去	3		
平平入	/	平上入	/	平去入	/	平入入	2

上上上	/				
上上去	3	上去去	/		
上上入	1	上去入	1	上入入	1

去去去	/		
去去入	2	去入入	1

入入入	6

表格 3 顯示：

（1）平上去聲排斥自調三音異讀，入聲完全相反。

（2）平上上、平平去的異讀格局很容易出現。平平上、平上去也比較多。

第（2）點中有一個現象原因是什麼，一時尚難做出穩妥的解釋。如果三音異讀可以模型化爲二音異讀再配合一個又音，那麼何以三音異讀最常見的形式 ABB 不是上入入只有 1 個，而是平上上多達 9 個，要知道二音異讀中入入是最能產的 AA 異讀對子，而上上是最不能產的。也許，我們的考慮不得不倒回假設的起點，即三音異讀與二音異讀不是簡單的 2+1 關係，它的產生有自己的道理和機制。

平平去 8 個、平平上 5 個的多見是好解釋的，平平、平上、平去的二音異讀本就不少，平平去多於平平上也與平去 187 個多於平上 143 個相一致。

平上去共出現了 4 次，也算是較多的類型。

蹂：踐穀。（尤韻，耳由反，466）

蹂：人久反，踐。（有韻，人久反，486）

蹂：踐。（宥韻，人又反，507）

映：晆日。（陽韻，於良反，462）

映〔註 13〕：映瞈，不明。（蕩韻，烏朗反，484）

映：於敬反，又作暎、隱。（敬韻，於敬反，506）

〔註 13〕 底卷作「眏」，誤，兹徑改。

抓：搯。（肴韻，側交反，457）

抓：剳。（巧韻，側絞反，482）

抓：側教反，爪刺。（效韻，側教反，503）

濦：水名，在潁川。（殷韻，於斤反，450）

濦：水名，出汝南。（隱韻，於謹反，478）

濦：水名，在汝南。（焮韻，於靳反〔註 14〕，499）

「蹂」、「抓」、「濦」都是本韻系的平上去相承。「映」陽蕩敬三韻，陽敬與蕩差異在介音的有無，陽韻介音*-i-，敬韻介音*-r-，蕩韻介音*-ø-，敬與陽蕩差異在元音的前後，即是*-a-敬還是*-ɑ-陽蕩，此三音平上去相承，也算是雖不中亦不遠。「蹂」、「映」、「抓」、「濦」各自的異讀都擁有同樣的聲母。

「蹂」、「映」、「抓」、「濦」的主元音分別是*u、*a / *ɑ、*a、*ə。據儲泰松、蔣雯統計，普通話四聲齊全的音節，主元音是 a 的音節絕對數量最多，如從比例上看，主元音是 i、ï 的音節最容易四聲齊全，而主元音是 e 的音節四聲齊全的比例最低〔註 15〕。如果語音格局的這一特點不僅存在於普通話，還普適於其他時空條件下的漢語音系，那麼《王三》一字三音的現象會出現於這四個字，就不是單純的巧合了。

《王三》這四個字似乎可以算是普通話語音格局的一個中古回應。

值得注意的是，這四個平上去的三音異讀有可以類聚的末音段，「蹂」是*-u，「抓」是*-w，「映」是*-ŋ，「濦」是*-n。

3、一字四音的情況

下表是同一字出現四次，即一字四音的情況，共 3 字：

表格 4 《王三》未明確標出又音的紀錄統計之一字四音情況

平平去去	1	行	伍。（唐韻，胡郎反，463）	平去
			第行。（宕韻，下浪反，505）	
			戶庚反，征。（庚韻，戶庚反，463）	平去
			胡孟反。（敬韻，胡孟反，506）	

〔註 14〕「濦」爲「億」紐字，底卷「於靳」二字誤倒，「於」旁施一乙字符「√」，茲徑乙。

〔註 15〕儲泰松、蔣雯《普通話音節的四聲分佈及其例外分析》，《語言文字應用》，2006 年第 4 期。

<table>
<tr><td rowspan="4">平平入入</td><td rowspan="4">1</td><td rowspan="4">椑</td><td>木名，似柿。（支韻，府移反，439）</td><td rowspan="2">平入</td></tr>
<tr><td>棺椑。（昔韻，房益反，519）</td></tr>
<tr><td>圜盖。（齊韻，薄迷反，446）</td><td rowspan="2">平入</td></tr>
<tr><td>大棺。（錫韻，扶歷反，519）</td></tr>
<tr><td rowspan="4">去入入入</td><td rowspan="4">1</td><td rowspan="4">笮</td><td>酒笮〔註 16〕，亦榨。（禡韻，側訝反，504）</td><td rowspan="4">去入（入入）</td></tr>
<tr><td>矢服。（麥韻，側革反，520）</td></tr>
<tr><td>屋上板。（陌韻，側陌反，520）</td></tr>
<tr><td>竹索笮。（鐸韻，在各反，525）</td></tr>
</table>

「行」字四讀實是兩組平去異讀：唐胡郎反：宕下浪反、庚戶庚反：敬胡孟反，前一組主元音是*ɑ，後一組是*a，四個音都是匣母。

「椑」字四讀實是兩組平入異讀：支府移反：昔房益反、齊薄迷反：錫扶歷反，四個音主元音都是*e，除府移反是幫母外，其他三切都是並母。

「笮」字《經典釋文》注了六次音：

《毛詩・小雅・雨無正・釋文》:「急笮，本又作迮，側格反。」〔17〕〔頁 81〕

《周禮・士喪禮・司甲・釋文》:「干笮，字又作筰，側白反，劉舟伯反。」〔17〕〔頁 129〕

《周禮・考工記・匠人・釋文》:「複笮，音福，下側白反。」〔17〕〔頁 140〕

《儀禮・既夕禮・釋文》:「干笮，側白反，矢箙也。」〔17〕〔頁 157〕

《左傳・成公十六年・釋文》:「笮其，側直反。」〔17〕〔頁 253〕

《公羊傳・文公二年・釋文》:「室笮，側白反。」〔17〕〔頁 315〕

「笮」又作「筰」。「筰」字《經典釋文》注音一次：

《周禮・春官・宗伯・釋文》:「筰，側百反。」〔17〕〔頁 122〕

其中，側直反黃焯校：「直，宋本同，何校本及北宋本作百」〔註 17〕，則《經典釋文》共記錄四個反切，側格反、側白反、舟伯反、側百反。舟伯反上字是章

〔註 16〕 該音底卷字頭作「簭」。

〔註 17〕 黃焯《經典釋文彙校》，中華書局，1980 年，第 166 頁。

母字，劉昌宗音有章莊混切的例外〔註 18〕，這四個反切可視作同音莊母陌韻。麥陌二韻《切韻》系書向來不太分得清楚，韻字錯置的情況常見。《說文·竹部》：「笮，迫也，在瓦之下棼上，从竹乍聲。」大徐音「阻厄切」〔31〕〔頁96〕，拿麥韻的下字去切「笮」字，而麥韻一讀《王三》訓「矢服」。所以側革反、側陌反實在是一回事。

《說文·竹部》：「筰，筊也，从竹作聲。」大徐音「在各切」〔31〕〔頁97〕；又：「筊，竹索也。」〔31〕〔頁97〕《王三·鐸韻》「笮」字訓「竹索笮」，顯然是與「筰」字混形後的增音。

「笮」字許可側革、側陌、在各三反異讀，很容易與表格 3 反映的入聲自調異讀的現象相吻合。

如果把異讀界定的標準把握得緊一點，「笮」字四讀可以剔除一個在各反，合併兩個側革反、側陌反，剩下來的兩個讀音在聲調上表現爲去入異讀，主元音都是*a〔註 19〕。

《王三》一字四音的情況與一字二音並沒有什麼實質性的不同，前者是後者的套加版本。就一字四音的情況看，相同的聲母和主元音有助於又音的產生，尤其是主元音。

另外，在意料之中，三音異讀出現了三聲相承的例子。但四音異讀中一個四聲相承的例子也沒有出現，儘管三音異讀中有 ABC 這樣的類型。ABCD 序列的缺失或者僅僅是碰巧嗎？同樣，我們也沒有看到 AABC 的異讀類型，是不是多音異讀規避調類的過於複雜？

（三）《王三》兩類又音情況的數據比較

我們對明確標出又音的第一類異讀沒有做過於精細的統計分析，因爲第一類表現的實在是不太嚴密的異讀系統。由於不能恪守有又音必注和又讀音注與實際收字一一對應的操作原則，第一類至少在形式上看起來有不少缺陷。

（1）又音未完全互注

猙：獸名，似豹。（耕韻，側莖反，464）

猙：獸，如狐，有翼，又側耕反。（靜韻，疾郢反，485）

按：又側耕反即側莖反，側莖反下未注又疾郢反。

〔註 18〕 范新幹《東晉劉昌宗音研究》，崇文書局，2002 年，第 41 頁。

〔註 19〕 禡韻和陌韻。

嗃：嗃，暴恚。（肴韻，許交反，457）

嗃：大嘷，亦作詨，又呼各反。（效韻，呼教反，503）

嗃：嗃嗃，崇讒慝〔註20〕。（鐸韻，呵各反，525）

按：又呼各反即呵各反，呼教反下未注又許交反，許交反、呵各反下未注又音。

（2）所注又音另處未收

捲：𢠸，又去遠反。（阮韻，於阮反，478）

按：去遠反，阮韻溪母，《王三》阮韻未見溪母一紐。

潘：大波，又匹柈反。（元韻，孚袁反，450）

潘：大波。（元韻，附袁反，450）

按：又匹柈反即又音滂母寒韻合口，是紐韻「潘」小韻下未見。

（3）又音互注外另有音讀

𦍑：悪，又莫郎反。（陽韻，武方反，462）

𦍑：遽，又武方反。（唐韻，莫郎反，463）

𦍑：𦍑張，失道皃。（敬韻，莫鞕反，506）

按：莫郎反與武方反又音互見，又莫鞕反未見注。

（4）所注又音與實際歸韻置紐不符

噆：銜，又子臘反。（感韻，七感反，483）

噆：齧，又錯感反。（合韻，子荅反，521）

按：「臘」盍韻字，《王三》「噆」字又見於合韻。

盍：器，又余救反，小甌，貯水器。（有韻，云久反，485）

盍：杯，亦作盉，又余久反。（宥韻，尤救反，506）

按：又余救反即尤救反，又余久反即云久反，「余」以母，「云」云母，兩處均以云混切。

〔註20〕 底卷爲重文符「㇌」，今依龍宇純校改作「慝」。見龍宇純《唐寫全本王仁昫刊謬補缺切韻校箋》，香港中文大學，1968年，校箋部分第715頁。

（5）所注又音亦有又讀

庳：下，或作埤，又音被。（紙韻，便俾反，472）

按：《王三》「被」字兩讀，紙韻皮彼反，寘韻皮義反。「庳」《王三》僅此一收，「埤」字未見。

壁：又北激反，壘壁。（錫韻，扶歷反，519）

按：《王三》「激」字兩收，嘯韻古弔反，錫韻古歷反。「壁」《王三》僅此一收。

以上諸端，有不少透露了寶貴的語音信息，但一些難以按斷的音讀記錄難免會給異讀的分析整理帶來不確定因素。想從第一類又音紀錄中梳理出一個確定的、封閉的異讀系統，可能有一點困難。

好在未明確注明又音的第二類又音紀錄可以提供不錯的參照系。

第一類和第二類最直觀的區別就是第一類出注又音，而第二類統統沒有注。第一類的工作原則貫徹得不徹底，不少字又音沒有注出，即便注出的又音也可能於韻書正文無所依託。不過，如果這只是工作的疏漏，又音失注等問題的分佈就應該是隨機的，表格 1 的 C 項內容，即各卷又音條目的字頭數與全書又音條目的字頭數的比值，應該和第二類各卷異讀字頭數與全書異讀字頭數的比值有比較一致的表現。

下面是對表格 2、3、4 的數據做的再分析。

表格 5　《王三》未明確標出又音的紀錄統計之各調字頭情況

	平	上	去	入	總　計
平平	336–168+168				
平上	143	143			
平去	187		187		
平入	23			23	
上上		98=49+49			
上去		103	103		
上入		15		15	
去去			106=53+53		
去入			78	78	
入入				296=148+148	

	平	上	去	入	總　計
平平平	3=1+1+1				
平平上	10=5+5	5			
平平去	16=8+8		8		
平平入	/			/	
平上上	9	18=9+9			
平上去	4	4	4		
平上入	/	/		/	
平去去	3	6=3+3			
平去入	/		/	/	
平入入	2			4=2+2	
上上上			/		
上上去		6=3+3	3		
上上入		2=1+1		1	
上去去		/	/		
上去入		1	1	1	
上入入		1		2=1+1	
去去去			/		
去去入			4=2+2	2	
去入入			1	2=1+1	
入入入				18=6+6+6	
平平去去	2=1+1		2=1+1		
平平入入	2=1+1			2=1+1	
去入入入			1	3=1+1+1	
總　計	740	402	498	447	2087
各卷異讀字頭數 / 全書異讀字頭數	35.46% =740/2087	19.26% =402/2087	23.86% =498/2087	21.42% =447/2087	

上表縱列表示異讀組合的類型，橫行爲平上去入四個聲調，縱橫交叉的格子記錄某種異讀組合涉及各調的字頭數。如「朌」，音符分文韻、布還刪韻二反，計到該字時，平平—平的格子裏就增計 2（=1+1）；「欸」，音烏開咍韻、於改海韻二反，就在平上—平、平上—上的格子裏分別增計 1。

爲便於比較，數據重新列在下方。「第一類」爲表格 1 的 C 項數據，即第一類「該卷又音條目的字頭數/全書又音條目的字頭數」，「第二類」爲上表末行數據，即第二類「各卷異讀字頭數/全書異讀字頭數」。

	平	上	去	入
第一類	40.35%=989/2451	20.24%=496/2451	25.46%=624/2451	13.91%=341/2451
第二類	35.46%=740/2087	19.26%=402/2087	23.86%=498/2087	21.42%=447/2087

四列數據第一類和第二類都有比較明顯的差距，這樣，先前以爲《王三》各卷又音出注未有偏頗的想法就需要修正了。四聲兩類的差值〔註 21〕分別是 4.89%、0.98%、1.60%、-7.51%。第二類數據反映的異讀分佈情況相對客觀、全面，可用來考量第一類。第一類的又音出注平聲卷比較齊備，上去入卷又音失注要多得多，入聲卷尤甚，去聲卷是上去入卷中失注較少的。在第 18 頁「表格 1 分析二」中，我們曾懷疑「韻書卷次越靠前，撰者或抄者越是勤於音注」，看來是實情。「表格 1 分析二」還提到「又讀率去聲最高」，表格 2 也顯示「各聲調（去聲除外）都傾向於和去聲異讀」，新近做的這個比較再次顯示了去聲的特殊性，雖然卷次在上聲之後，但差不多兩倍於上聲的差值 1.60%：0.98%說明撰者或抄者確實曾著意在去聲卷中多施筆墨，提醒讀者去聲和其他聲調有著不可忽視的特殊牽連。入聲又音失注除和卷次靠後有關，可能還反映了撰者和抄者對入聲異讀的敏感度。如表格 2、3 所示，入聲傾向於自調異讀，短促且以塞音收尾的音節在辨識度上不及舒聲韻音節來得清晰，撰者和抄者可能未及意識到某字還有又音，已行文至下一個字頭了，或者撰者和抄者意識到某字另有入聲的又音，但兩個音太近了，撰者和抄者一時也辨不出什麼明確的區別來，於是僅存錄音切，至於用又音關聯就省略掉了，比如咸山梗攝，混韻的現象是有歷史糾葛的。

另外，《王三》第一類又音紀錄是 2451 條，第二類字頭出現 2087 次，數量上已可以相當，可見用疏漏來解釋第二類的又音失注是說不過去的，第二類不注又音想必有其道理。

二、《王三》異讀的注音術語

《王三》異讀的注音術語不算複雜，基本形式是反切注音法和直音注音法，即又某某反和又音某，在此基礎上有變通形式：俗呼某某反、又並某某反、今音某，此外還有其他形式：N 音、同音呼別，也值得注意。

〔註 21〕 第一類的數據減去第二類的數據。

（一）基本形式

1、又某某反

（1）一個又音

a、遇一字僅一個又音的，又音續在釋義後，作又某某反。

夢：草澤，又武仲反。（東韻，莫中反，436）

也有變例，可能是脫字後的形式，又音前或奪「又」字。

嵸：巃嵸，作孔反。（東韻，子紅反，437）

b、若字有別寫，或別寫置於又音前。

泅：浮，亦作汓，又餘州反。（尤韻，似由反，466）

也有變例，別寫置於又音後。

繖：蘓旦反，盖，又蘓但反，或作傘。（翰韻，蘓旦反，500）

也有變例，又音前後皆出別寫。

籭：簁，亦作蓰，又所佳反，亦篩、簛。（支韻，所宜反，440）

c、若又音有又義，或又義續在又音後。

竺〔註22〕：天竺國，又當谷反，厚。（屋韻，陟六反，510）

也有變例，又義安在又音前。

詳：似羊反，又詳狂，以章反。（陽韻，似羊反，461）

（2）兩個又音

a、遇一字有兩個又音的，或兩音合注。

姁：漢高后字娥姁，又求俱、香句二反。（麌韻，况羽反，475）

部分變例可能是衍字後的形式，第一個又音的「反」字或可刪除。

樂：又盧各反、五教二反。（覺韻，五角反，511）

部分變例可能是衍字後的形式，第二個又音的「又」字或可刪除。

膴：無骨腊，又武夫、又肝禹二反。（模韻，荒烏反，445）

〔註22〕 底卷作「笁」，兹字頭及注文出字並改。

部分變例可能是脫字後的形式，第二個又音「反」字前或奪「二」字。

芍：蓮中子，又下了、都歷反。（藥韻，七雀反，524）

b、遇一字有兩個又音的，或兩音前後相銜，分別注明。

豻：又口肝反，又口耕反。（山韻，苦閑反，453）

也有變例，第二個又某某反「又」字省。

湛：徒減反，水皃，又徒感反、直沁反。（豏韻，徒減反，488）

c、若字有別寫，或別寫置於又音前。

揣：初委反，度，亦作敠，又丁果反、又尺巒二反。（紙韻，初委反，472）

也有變例，別寫置於又音後。

襱：袴，又力董反，直隴反，亦作裥字。（東韻，盧紅反，437）

也有變例，別寫插在兩個又音間。

襱：袴，又直隴反，亦作裥，又來公反。（董韻，力董反，471）

d、若又音有又義，又義續在兩個又音後。

酇：百家，又子旦、在何二反，縣名。（旱韻，作管反，479）

（3）三個又音

a、遇一字有三個又音的，排列三音，前後分別出「又」、「三反」字。

著：荎著，又張慮、張略、除略三反。（魚韻，直魚反，443）

b、若字有別寫，別寫可插在又音間。

橈〔註 23〕：奴効反，木曲，又如昭反，亦作撓，又乃飽、如紹二反。（效韻，奴効反，503）

c、若又音有又義，可又義又音相綴迭出。

芍：蕭該云芍藥是藥草，又香草，可和食，芍字張約反，藥字良約反；又芍陂，在淮南，七削反；又蓮芍縣，在馮翊，之若

〔註 23〕 底卷作「撓」。龍宇純校云：「正文撓字王一、王二、唐韻、廣韻並作橈，當從之。」見龍宇純《唐寫全本王仁昫刊謬補缺切韻校箋》，香港中文大學，1968 年，校箋部分第 529 頁。

反〔註24〕；又草皃苡，胡了反。（藥韻，市若反，524）

按：「又某某反」是最多的一類，大多數又音採用這一注音方法。

2、又音某

䴷：翮下羽，又音鋪。（虞韻，撫扶反，444）

墲〔註25〕：規度墓地，又音無。（模韻，莫胡反，445）

𩣺：馬一歲，又音縘。（刪韻，胡關反，452）

苕：葦花，亦作芀，又音迢〔註26〕。（蕭韻，都聊反，455）

芀：葦花，又音彫。（蕭韻，徒聊反，455）

𤭛：甂，又音犯。（青韻，薄經反，465）

婤：女字，又音抽。（尤韻，職鳩反，466）

崦：崦嵫，亦作淹、崊，又音奄。（鹽韻，英廉反，468）

庳：下，或作埤，又音被。（紙韻，便俾反，472）

亹：美皃，又音門，又義覲反，俗作亹。（尾韻，無匪反，474）

糈：祭神米，又音所。（語韻，私呂反，474）

緹：纁色，又音提。（薺韻，他禮反，476）

憭：慧，又音聊。（小韻，力小反，481）

广：虞埯反，崖室，又音儼。（广韻，虞埯反，488）

虹：縣名，沛郡，又音絳。（送韻，古送反，489）

魃：鬼服，又音奇。（寘韻，奇寄反，490）

〔註24〕「之若反」底卷作「之言也」。龍宇純校云：「之言也，當從唐韻作之若反，廣韻云之若切。」見龍宇純《唐寫全本王仁昫刊謬補缺切韻校箋》，香港中文大學，1968年，校箋部分第710頁。

〔註25〕底卷作「撫」。龍宇純校云：「撫當依切三、王一、廣韻作墲，本書虞韻武夫反字亦作墲。」見龍宇純《唐寫全本王仁昫刊謬補缺切韻校箋》，香港中文大學，1968年，校箋部分第66頁。

〔註26〕底卷作「迨」。龍宇純校云：「又音迨，迨當從王一作迢。」見龍宇純《唐寫全本王仁昫刊謬補缺切韻校箋》，香港中文大學，1968年，校箋部分第156頁。

膞：壯大，又音濞。（至韻，平祕反，491）

費：芳味反，多損，又房味反，又音祕。（未韻，芳味反，492）

豍：獸，似蝟赤尾，又音氣。（未韻，許旣反，492）

扢：摩，又紇音〔註27〕。（代韻，古礙反，498）

禾：木曲頭不出，又音稽。（代韻，五愛反，498）

蝍：蝍蛆，虫，又音即。（屑韻，子結反，516）

按：共22條，皆見上。「覺」、「費」二條兼用反切注音法和直音注音法。

（二）變通形式

1、俗呼某某反

嶯：山名，在會稽，俗呼之洽反。（緝韻，阻立反，523）

龍宇純校云：「俗呼之洽反，本書洽韻無此字，集韻見側洽切。」〔註28〕

按：《文選‧（左思）蜀都賦》：「其中則有巴菽巴戟，靈壽桃枝，樊以蒩圃，濵以鹽池。」李善曰：「《埤蒼》曰：蒩，蕺也。嶯側及切。」〔38〕〔頁76〕「之」章母，「側」莊母，莊章混切，「俗呼」之言正是。

又按：此式明確正俗音關係，是「又某某反」的變通形式，僅此一條。

2、又並某某反

轎：軺〔註29〕，又並奇驕反。（笑韻，渠廟反，502）

龍宇純校云：「又下並字姜書 P.2011 同。上文嶠字亦又見宵韻奇驕反，故此云並。唐韻沁韻任下云上四字並是壬音，廣韻云上四字並又音壬，與此同例。」〔註30〕

〔註27〕龍宇純校云：「紇音當作音紇。」見龍宇純《唐寫全本王仁昫刊謬補缺切韻校箋》，香港中文大學，1968年，校箋部分第486頁。

〔註28〕龍宇純《唐寫全本王仁昫刊謬補缺切韻校箋》，香港中文大學，1968年，校箋部分第707頁。

〔註29〕底卷作「軺」。龍宇純校云：「軺當作軺。字林軺，轎也。」見龍宇純《唐寫全本王仁昫刊謬補缺切韻校箋》，香港中文大學，1968年，校箋部分第525頁。

〔註30〕龍宇純《唐寫全本王仁昫刊謬補缺切韻校箋》，香港中文大學，1968年，校箋部分第525頁。

按：《王三》「鞽」字次於「嶠」字〔36〕〔頁 502〕，《王一》同〔36〕〔頁 329〕。

又按：此式兼注上下兩字的又音，是「又某某反」的變通形式，僅此一條，其他韻書亦鮮見。

3、今音某某反/今音某

鉋：鉋刷，今音白教反。（肴韻，薄交反，457）

按：古今音存平去二聲之別。

攈：古音居韻反，今音居運反，拾，或作捃。（震韻，居韻反，499）

按：古今音存震問二韻之別。

轐：封曲反，絡牛頭，今音補沃反。（燭韻，封曲反，511）

按：古今音存燭沃二韻之別。

劗〔註 31〕：廁別反，割斷聲，今音測八反。（薛韻，廁別反，518）

按：古今音存薛黠二韻之別。

蘄：縣名，在譙郡，今音祈。（微韻，居希反，442）

按：古今音存見群二母之別。

郿：美秘反，縣名，在扶風，今音眉。（至韻，美秘反，490）

按：古今音存平去二聲之別。

又按：此式辨析古今音，共 6 條，皆見上。前四條是「又某某反」的變通形式，後兩條是「又音某」的變通形式。除「攈」條明確對以「古音」、「今音」，其他諸條皆以「今音」明「古音」。《王三》以古音爲正切，今音充後作又音，知《王三》之取捨。古今音之別有三端，「蘄」聲母清濁有別，「攈」、「轐」、「劗」韻母主元音或介音微殊，「鉋」、「郿」聲調平去存異。

（三）其他形式

若干形式沒有直接注出又音音注，但所言與又音有一定關係，是廣義上的異讀音注術語。

〔註 31〕 底卷作「箾」。龍宇純校云：「箾當從切三、廣韻作劗。」見龍宇純《唐寫全本王仁昫刊謬補缺切韻校箋》，香港中文大學，1968 年，校箋部分第 663 頁。

1、N音

惷：丑江反，愚，又丑龍、丑用反，三音。（江韻，丑江反，438）

按：「三音」指丑江、丑龍、丑用三反。《切二・江韻》：「惷，愚，丑江反，又丑龍、丑用二反。」〔36〕〔頁152〕《可洪音義》卷三「惷愚」條：「上丑降反，愚也，出應和尚音義，又《切韻》作丑用、丑龍、丑江三反。」〔39〕〔冊59，頁637〕《切韻》原貌如是。

汈〔註32〕：水名，又乃見、又力京四音。（陽韻，書羊反，461）

按：「四音」前當有奪文。《王三・銑韻》奴典反「涊，澳涊。」〔36〕〔頁480〕《廣韻・銑韻》同〔33〕〔頁269〕。《廣韻・軫韻》而軫切：「涊，水名，在上黨。」〔33〕〔頁255〕《集韻・軫韻》爾軫切「汈，沴汈，濕相箸。」〔34〕〔頁102〕或奴典、而軫反即脫漏之二音。

比：近，有四音。（至韻，毗四反，491）

龍宇純校云：「有四音，王一云又必履符脂扶必三反，本書字又見旨韻卑履反、脂韻房脂反及質韻毗必反，合此讀爲四音。」〔註33〕

按：「比」字又見收於《王三・寘韻》婢義反〔36〕〔頁490〕，龍說恐非。「有」字或爲「又」字之誤，四音即脂韻房脂反、旨韻卑履反、寘韻婢義反、質韻毗必反。

又按：此式計音切之數，共3條，皆見上。N不定數，雖今僅見「三」、「四」之數，然《王三》一字三音、四音已算音夥，則此式專注音多之字。此式包括式還是排除式似無定規，包括式如「惷」，「三音」並計正切和又音，排除式如「比」，「四音」不計正切，「汈」蓋同「比」字。蓋計正切者注「N音」，不計正切者作「又N音」。

2、同音呼別

崔：崔嵬，与人姓崔者同音呼別。（灰韻，昨回反，447）

〔註32〕底卷作「洶」。龍宇純校云：「當從廣韻作汈，故字又讀乃見反。」見龍宇純《唐寫全本王仁昫刊謬補缺切韻校箋》，香港中文大學，1968年，校箋部分第208頁。

〔註33〕龍宇純《唐寫全本王仁昫刊謬補缺切韻校箋》，香港中文大學，1968年，校箋部分第432～433頁。

龍宇純校云：「同音呼別，語不可解。切三、王一云與人姓崔者字同音別，當從之。崔爲人姓音此回反。」〔註 34〕

按：「崔」又見灰韻此回反：「人姓，又子雖反。」〔36〕〔頁 447〕此回、昨回二反韻同聲不同，「此」清母，「昨」從母，有清濁之別。濁音清化經過清音濁流階段〔註 35〕，清：從 ＝*tsh-：*tsɦ-，此回、昨回兩音節的差別僅存之於輔音和元音間的那一點氣流，從母 VOT 略小於清母，「同音呼別」蓋即言此。「呼」曉母模韻，中古音*hwo。聲門清擦音 h 是輔音性最弱的擦音，聲門肌肉最自然的狀態下氣流通過聲門在會厭附近受到阻礙就形成 h，h 的性質易受前後音段的影響，h 拼[+round] [-low] [+back]元音時容易保持正値，故以「呼」來描寫送氣成分的區別。

又按：此式辨析異讀之共大同存小異，僅此一條，其他韻書亦鮮見。

以上諸條已全《王三》反切又音音注之大概，亦有扞格之條，當屬例外，多在衍奪疏誤之列。韻書出切一切一音，數切數音。《王三》偶有又音與正切切語相同者，另有他因。

> 橇〔註 36〕：踏，擿行，又去遥反，亦繑，又子銳、綿蕝二反，摘音竹革反，作蹻。（宵韻，去遥反，457）

按：又切與正切切語同。《王三》有兩個「去遥反」小韻，分別是「趫」和「蹻」，《廣韻》作「起嚻切」和「去遥切」，《七音略》分列三、四等，是爲重紐。「橇」字似有重紐兩音。

（四）《王三》未見之異讀音注術語

1、本音某/本某某反

《廣韻》此類數眾，共 85 見，明言「說文本音某」或「說文本音某某切」之類共 11 見。「所謂『本』者，多從《說文》大徐本所引《唐韻》之音切，間有依顧野王《玉篇》及陸德明《釋文》者。此等字多屬後出新加，爲各家《切

〔註 34〕龍宇純《唐寫全本王仁昫刊謬補缺切韻校箋》，香港中文大學，1968 年，校箋部分第 90 頁。

〔註 35〕黃笑山《〈切韻〉和中唐五代音位系統》，文津出版社，1995 年，第 126 頁。

〔註 36〕底卷作「撬」。龍宇純校云：「撬當從廣韻作橇。」見龍宇純《唐寫全本王仁昫刊謬補缺切韻校箋》，香港中文大學，1968 年，校箋部分第 168 頁。

韻》所無，其異讀從彼爲『本』，而以此爲變，往往示音隨義變之跡。」〔註 37〕

《廣韻》另有未著「本」字而明言《說文》音者 56 見。這種對《說文》的格外關注早期《切韻》系書已發端倪，如長孫訥言箋注本《切韻》一類。《切二》、P.3693 號、P.3694 號、P.3696 號、S.6176 號〔註 38〕等注文每有案語取《說文》以訂補，注「出說文」字，大抵都是據《說文》箋注形體異同，或增廣義訓。長孫箋成《切韻》於唐儀鳳二年（677）〔註 39〕，從避諱、字體、廣引《字樣》《說文》等情況來看，P.3693 號、P.3694 號、P.3696 號、S.6176 號很可能作於唐高宗時代（650～684），與《王三》的成書年代唐中宗神龍二年（706）相去不遠，相信世風之下，《王三》不可能回避《說文》的影響。

《王三》稱引《說文》共 10 處。《王二》43 次〔註 40〕。蔣藏本《唐韻》僅存去入兩卷，直接引用《說文》已達 278 條〔註 41〕。《王三》引書共 97 次，《說文》10 次，次於《詩經》22 次，列第二。至蔣藏本《唐韻》，引書次數《說文》已躍居首位，而且和別的書相差懸殊，在 666 次引次中佔到 278 次〔註 42〕。即便考慮到韻書字書化、類書化的發展趨向，《說文》在韻書編撰中參考權重的增加仍是顯而易見的。

只是，字樣學興起的初衷是辨正字形，初期對相關典籍的興趣也囿於漢字構形和字形演變，語音方面的價值一時未能昭顯。故而，《說文》雖見重於世，《說文》中蘊藏的音義關係、古今音變等信息在早些時候的韻書中還不見利用。《切三》、《王三》無一例云《說文》音某，或折合《說文》讀若作《說文》音某某反，「本音某」、「本某某反」的又音音注術語自然無從談起。這與《廣韻》的情況相對比，一個「本」字的有無實在是唐宋學術發展的歷史見證。

〔註 37〕葛信益《〈廣韻〉異讀字釋例》，《廣韻叢考》，北京師範大學出版社，1993 年，第 88 頁。

〔註 38〕該五種殘卷均屬「長孫訥言箋注本《切韻》」一類，後四種殘葉可綴合成一個卷子。

〔註 39〕見《切二》、《王二》首卷韻目前長孫訥言序，周祖謨《唐五代韻書集存》，中華書局，1983 年，第 150 頁，第 535 頁。

〔註 40〕曹潔《裴務齊正字本〈刊謬補缺切韻〉研究》，南京大學博士學位論文，2007 年，第 22 頁。

〔註 41〕徐朝東《蔣藏本〈唐韻〉研究》（待刊稿），商務印書館，2008 年，第 25 頁。

〔註 42〕徐朝東《蔣藏本〈唐韻〉研究》（待刊稿），商務印書館，2008 年，第 25 頁。

2、又音某聲/本音某聲

此四聲法，不出切，僅示聲調之別，陸韻原書用以注音韻窄難以出切之字。如《切三》上聲卷首韻目「拯」:「無反語，取蒸上聲。」〔36〕〔頁 89〕正文「拯」字注:「救俗，無反語，取蒸之上聲。」是紐僅「拯」一字〔36〕〔頁99〕。又上聲卷首韻目「范」:「無反，取凡之上聲。」〔36〕〔頁89〕正文「范」字注:「姓，無反語，取凡之上聲。」是紐僅「范」、「範」、「犯」、「𧎛」四字〔36〕〔頁99〕。

後來，《廣韻》有較靈活豐富的用例，已不僅限於韻窄難切。《廣韻》以直音法標注讀音的共 21 處。正音 1 處，鑑韻於陷切「黶」音黯去聲〔33〕〔頁426〕；又音 20 處，如感韻七感切「傪」又音平聲〔33〕〔頁311〕，麻韻陟加切「吒」本音去聲〔33〕〔頁149〕，養韻直兩切「仗」本又音去聲〔33〕〔頁311〕。

《王三》有沿襲前書之處，如上聲卷首韻目「拯」:「無韻，取蒸之上聲。」〔36〕〔頁471〕正文「拯」字注:「無反語，取蒸之上聲。」〔36〕〔頁488〕皆爲《切三》一類。亦有改棄之舉，如上聲卷首韻目「范」:「苻𠙴反，陸無，取凡之上聲，失。」〔36〕〔頁471〕正文「范」字注:「苻𠙴反，人姓，又草，陸無反語，取凡之上聲，失。」〔36〕〔頁488〕又上聲卷首韻目「广」字注:「虞掩反，陸無韻目，失。」〔36〕〔頁471〕又去聲卷首韻目「嚴」下云:「魚淹反，陸無此韻目，失。」〔36〕〔頁489〕都在「陸無」前安加反切，且正文除「范」字下還留有「陸無」之說，別處均未見，是可知《王三》對直音法的態度。

《王三》的「革故」表明撰者於韻書音注體例把握更趨嚴格，注音技巧也更爲熟練，增廣收字也使得切語有字可用。而《王三》又有尚未「鼎新」的一面，無一例又音如《廣韻》作四聲法，這引得我們猜測在《王三》時代，到底是四聲相承和聲韻兩分的音節分析方式在影響和運用上此消彼漲呢，還是聲調這一超音段的語音成分暫時還沒有被充分認識到，至少在音注功用上。

第三章 《王三》和早期韻書又音的比較

第一節 《王三》和箋注本《切韻》三又音的比較

P.3693 號、P.3694 號、P.3696 號、S.6176 號四個殘葉可綴合成一個卷子，周祖謨統稱「箋注本《切韻》三」（下文省稱「箋三」）。此卷存上去入三聲：P.3693 號正存銑韻至馬韻，背存蕩韻至范韻；P.3694 號正存徑韻至梵韻、屋韻，背存質韻至末韻；P.3696 號正存送韻至寘韻，背存霽韻至隊韻；S.6176 號正存廢韻至翰韻，背存嘯韻至漾韻。各韻每有殘缺，然所存幾近全書十分之三〔註 1〕，可看出原書面貌的大概。周祖謨判此卷底本與王仁昫所據陸法言書相近，有相同的上位來源〔註 2〕。又此卷以陸書爲底本，主要增加的是文字和訓解，注文中案語大抵都是依據許愼《說文解字》箋注形體異同或增廣義訓〔註 3〕，主要的增注興趣不在又音。此卷的又音出注應該是比較接近陸書原貌的，想了解《王三》對前書又音進行過怎樣的處理，此卷是比較理想的參照對象。

〔註 1〕周祖謨《唐五代韻書集存》，中華書局，1983 年，第 843 頁。

〔註 2〕周祖謨《唐五代韻書集存》，中華書局，1983 年，第 851 頁。

〔註 3〕周祖謨《唐五代韻書集存》，中華書局，1983 年，第 73 頁。

一、《王三》和箋三相同的又音

此類共 62（=53+2+5+2）字。

（一）《王三》和箋三反切相同的又音

	珁〔註 4〕	黽	吮	圈	愞	沌	孨	選	帕	湫	表
正切屬紐	知獮	明獮	從獮	群獮	日獮	澄獮	章獮	心獮	滂筱	精筱	幫小
箋三又音	視戰	亡忍	徐兖	求晚	奴亂	徒混	莊卷	思絹	疋白	子攸	方嬌
王三又音	視戰	亡忍	徐兖	求晚	奴亂	徒混	莊卷	思絹	匹白	子攸	方嬌

	勦	巧	獿	槄	蕔	䐘	葰	罵	冷	獷	茆
正切屬紐	精小	溪巧	泥巧	透皓	明皓	影皓	心哿	明馬	來梗	見梗	力有
箋三又音	鋤交	苦教	下巧	他刀	亡毒	烏到	蘇寡	莫霸	魯挺	居往	莫飽
王三又音	鋤交	苦教	下巧	他刀	亡毒	烏到	蘇寡	莫霸	魯挺	居往	莫飽

	湫	詬	鯫	黝	愀	蘞	礱	鎩	掣	晢
正切屬紐	從有	見厚	崇厚	影黝	從黝	來琰	來送	生祭	昌祭	章祭
箋三又音	子小	古候	士溝	益夷	在由/子了	力贍	盧東	所㤜	尺折	旨熱
王三又音	子小	古候	士溝	益夷	在由/子了	力贍	盧東	所㤜	尺折	旨熱

	貰	蕝	詿	睚	曬	鎩	殺	迅	引	近
正切屬紐	書祭	精祭	匣卦	疑卦	生卦	生怪	生怪	心震	以震	群焮
箋三又音	時夜	子悅	古賣	五佳	所寄/丑離	所例	所八	私閏	以軫	巨隱
王三又音	時夜	子悅	古賣	五佳	所寄/丑離	所例	所八	私閏	以軫	巨隱

	約	燒	縞	好	借	憾	任	烝	肹	鶻
正切屬紐	影笑	書笑	見号	曉号	精禡	見勘	日沁	章證	曉迄	見沒
箋三又音	於略	失昭	古老	呼老	子昔	下紺	汝針	諸陵	許乙	胡八/胡骨
王三又音	於略	失昭	古老	呼老	子昔	下紺	汝針	諸陵	許乙	胡八

	齕
正切屬紐	匣沒
箋三又音	胡結
王三又音	胡結

〔註 4〕P.3693 號「珁」字脱，又視戰反誤繫於「輾」下。

此類共 53 字。

「孨」、「詬」、「黝」、「愀」、「任」五字箋三或《王三》切語有問題。經校正計入此類。

孨：《王三・獮韻》旨兗反下「又在卷反」[36][頁 480]，《王一・獮韻》同[36][頁 299]。《切三・獮韻》旨兗反下「又庄卷反」[36][頁 95]。《廣韻・獮韻》旨兗切下「又莊眷切」[33][頁 274]。《王一》、《王三》「在」爲「莊/庄」之形訛。

詬：《王三・厚韻》古厚反下原作「又古侯反」[36][頁 486]。《王一・厚韻》古后反下「又古候反」[36][頁 306]。《王二・厚韻》古厚反下「又古候反」[36][頁 579]。《廣韻・厚韻》古厚切下「又呼候切」[33][頁 306]。《王三・厚韻》又音下字「侯」誤，當作「候」。

黝：P.3693 號背黝韻：「於幼反，又於糺反，益夷反。」[36][頁 174]「黝」、「幼」上去字，「黝」不得以「幼」作下字。《切三・黝韻》於糺反下「又益夷反」[36][頁 98]。《王一・黝韻》於糾反下「又於夷反」[36][頁 307]。《王二・黝韻》於糾反下「又益夷反」[36][頁 580]。P.3693 號背當刪「於幼反」，作「於糺反，又益夷反」。

愀：《王三・黝韻》收於「玆糾反」下[36][頁 487]。《切三・黝韻》「玆糺反」[36][頁 98]。《王一・黝韻》「慈糾反」[36][頁 307]。《王二・黝韻》「慈糾反」[36][頁 580]。玆，精母，慈，從母。龍宇純校《王三》云：「廣韻、集韻本韻無齒音，二書此字見有韻。廣韻在九切，集韻又見子酉切。本書有韻在久反亦有愀字，不見於子酉反，疑此玆當作慈。」[註 5]《釋文・禮記・哀公問》：「愀然，……舊慈糾反。」[17][頁 205]《切三》、《王三》「慈」字脫落「心」底。

任：P.3694 號沁韻汝鴆反下「又汝計反」[36][頁 187]，《王一・沁韻》同[36][頁 337]。《王二・沁韻》女鴆反下「又汝針反」[36][頁 580]。《王三・沁韻》汝鴆反下「又汝針反」[36][頁 507]。《唐韻・沁韻》汝鴆反「任」下注：「已上四字並是壬音。」[36][頁 680]《廣韻・沁韻》汝鴆切「任」下注：「已上四字並又音壬」[33][頁 420]。「計」霽韻字，沁韻字無又入霽韻之理，P.3694 號、《王一》「針」字誤作「計」。

此類又音大部分僅一切，「愀」、「讕」二字箋三、《王三》並錄二切。「鶻」《王三》僅見又切一，另一切誤奪。

[註 5] 龍宇純《唐寫全本王仁昫刊謬補缺切韻校箋》，香港中文大學，1968 年，校箋部分第 392 頁。

鶻：《切三・沒韻》古忽反下「又胡八、胡骨二反」[36]〔頁 102〕。《王一・沒韻》古忽反下「又胡八、胡二反」[36]〔頁 346〕，第二切脫下字。《王二・紇韻》古忽反下「又胡八反、又胡骨二反」[36]〔頁 612〕。《唐韻・沒韻》、《廣韻・沒韻》古忽一紐下「又搰、猾二音」[36]〔頁 698〕，[33]〔頁 460〕。音搰即音胡骨反，音猾相當於胡八反〔註 6〕。諸書又音皆有二切，《王三・沒韻》第二切「又胡骨反」脫。

（二）《王三》和箋三上字不同、但聲類相同的又音

	頗	㛊
正切屬紐	滂哿	曉琰
箋三又音	滂河	去棻
王三又音	浦河	弃棻

此類共 2 字。

「滂」、「浦」同滂母字，「去」、「弃」同溪母字。

頗：P.3694 號哿韻普可反下注「本滂河反」[36]〔頁 171〕，《王三・哿韻》「又浦河反」[36]〔頁 482〕，無「本」字，且反切上字不同。《王三》「滂」作上字 2 例，「浦」僅此 1 例。《廣韻》「滂」3 例，「浦」不作上字。《切三・哿韻》普可反「頗」注「本音滂何反」[36]〔頁 96〕，《王一・哿韻》「又滂河反」[36]〔頁 301〕。《王三》「又浦河反」蓋有其他來源。

（三）《王三》和箋三下字不同、但韻類相同的又音

	喟	薰	醞	囿	砭
正切屬紐	溪怪	曉問	影問	云宥	幫豔
箋三又音	丘愧	許雲	於刎	于目	方簾
王三又音	丘媿	許云	於吻	于六	方廉

此類共 5 字。

《王三》未出字頭「媿」，「媿」附見於至韻軌位反「愧」字注「亦作聭、媿、謉」[36]〔頁 491〕。「雲」、「云」《王三》同文韻王分反[36]〔頁 450〕。「刎」、「吻」《王三》同吻韻武粉反[36]〔頁 478〕。「目」、「六」同屋韻三等字[36]〔頁 511，頁 510〕。「簾」、「廉」《王三》同鹽韻力鹽反[36]〔頁 468〕。

〔註 6〕「猾」戶八反，匣母黠韻合口，「胡八反」匣母黠韻開口。音猾、音胡八反似有開合之分。然反切下字用唇音字，開合不定，故疑此「胡八反」即音猾（合口）。

五字又音箋三、《王三》下字不同的改動很小，音節不同的僅「囿」字下字，其他四字同音替代，其中「喟」只是異體字的差異。

（四）《王三》和箋三其他注音方式的同音類又音

	扤	噦
正切屬紐	疑月	影月
箋三又音	又兀音	字亦薛部
王三又音	午骨	此亦入薛部

此類共 2 字。

扤：「又兀音」依韻書例當乙「兀」、「音」二字。然亦不必算誤，唐人寫卷音讀常見如是注。箋三殘葉又音作直音處甚少，「又兀音」蓋引他書原貌。《王三・沒韻》「兀」五忽反〔36〕〔頁514〕，「骨」古忽反〔36〕〔頁514〕，故「又兀音」與「午骨反」同疑母沒韻。

噦：字一見《王三・月韻》乙劣反〔36〕〔頁514〕，又見於《王三・薛韻》乙劣反〔36〕〔頁517〕，正合月韻下「此亦入薛部」句。然一字入二韻，切語不當同，又以薛韻字「劣」切月韻字，未當。《切三》、《王二》、《廣韻》「噦」字入月韻〔36〕〔頁101，頁614〕，〔33〕〔頁458〕，薛韻無〔36〕〔頁103，頁613〕，〔33〕〔頁478〕，《唐韻》入薛韻〔36〕〔頁707〕，月韻無〔36〕〔頁698〕，《切三》、《王二》、《唐韻》均亦以「劣」作切下字。依《廣韻》乙劣反屬薛 B，仙 B 入聲，影母月韻爲元韻入聲，中古後期，仙 B 與元韻兩韻系發生混併，早期韻書「噦」已見端倪。《切三・月韻》「噦」注「此字亦入薛部」〔36〕〔頁101〕，合箋三、《王三》，蓋早期韻書俱如是注。該注音方法鮮見，又諸書收韻搖擺，且下字未安，知是注乃實不得已而爲之之法。

二、《王三》和箋三不同的又音

此類共 2 字。

	打	解
正切屬紐	端梗	匣卦
箋三又音	都挺	古賣/胡買
王三又音	都行	加買

打：「挺」迴韻字，「打」另見《王三・迴韻》丁挺反下[36]〔頁485〕。「行」《王三》入唐、庚、宕、敬韻。龍宇純校《王三・梗韻》德冷反「打」字注「又都行反」云：「切三云又都定反，（切三冷下云又魯定反，與此用定爲下字似非偶然之誤。）廣韻云又都挺切。案各書庚韻、映韻、宕韻、徑韻端母或知母並無此字，迴韻丁挺反有打字，與廣韻合。」〔註7〕

解：「買」蟹韻字，「賣」卦韻字。「解」字《廣韻》四音：胡買切匣蟹、佳買切見蟹、古隘切見卦、胡懈切匣卦[33]〔頁250，頁251，頁363，頁363〕。又音出注賅備的有《王二・懈韻》古隘反下「又古買、胡買、胡懈三反」[36]〔頁600〕，《唐韻・卦韻》胡懈反下「又古賣反、古買、胡買反」[36]〔頁654〕。漏注的有《王一・卦韻》古賣反下「又加買反」[36]〔頁320〕，胡懈反下「又古賣、胡買二反」[36]〔頁320〕，《王二・懈韻》胡解反下「又古賣、胡買二反」[36]〔頁600〕。箋三、《王三》匣母卦韻一紐出注的又音互補。

三、《王三》有而箋三無的又音

此類共90字。

	衍	僐	戁	緓	卷	謏	礵	秞	摽	瞟	嬌
正切屬紐	以獮	禪獮	日獮	邪獮	見獮	心筱	心筱	匣筱	並小	敷小	見小
箋三又音	/	/	/	/	/	/	/	/	/	/	/
王三又音	餘見	布戰	奴盞	昌善	居援	所六	思六	胡激	平表	撫招	舉喬

	駣	造	婐	戹	頲	脛	卣	庮	呴	婄	凜〔註8〕
正切屬紐	定晧	從晧	影哿	疑哿	透迥	匣迥	以有	以有	曉厚	滂厚	來寑
箋三又音	/	/	/	/	/	/	/	/	/	/	/
王三又音	徒刀	七到	烏華	五戈	他經	戶定	餘求	余周	奚垢	普溝	渠今

〔註7〕龍宇純《唐寫全本王仁昫刊謬補缺切韻校箋》，香港中文大學，1968年，校箋部分第380～381頁。

〔註8〕《王三》作「凜」[36]〔頁487〕；箋三底卷烏墨不可辨[36]〔頁174〕，周祖謨《唐五代韻書集存》摹作「凜」[36]〔頁198〕。是字《王三》訓「寒狀」[36]〔頁487〕，箋三訓「寒」[36]〔頁198〕，則當從「冫」，從「氵」非。《說文》：「稟，賜穀也，从㐭从禾。」[31]〔頁111〕從示、從木皆爲俗寫。是故此字茲徑錄作「凜」。

	罧	蕈	夢	訐	薢	瘱	鞋	嫛	閉	敶	瀙
正切屬紐	心寑	從寑	明送	見祭	見卦	影卦	匣卦	溪卦	匣怪	澄震	初震
箋三又音	/	/	/	/	/	/	/	/	/	/	/
王三又音	師陰	渠飲	莫中	居謁	加買	於之	胡稟	空悌	胡計	直珍	七刃

	朩	韗	蘊	閞	僤	繖	愞	覞	噍	覺	哮
正切屬紐	滂震	云問	影問	並願	定翰	心翰	泥翰	以笑	從笑	見效	呼效
箋三又音	/	/	/	/	/	/	/	/	/	/	/
王三又音	紡賣	況万	於吻	陂變	勑旱	蘓但	乃過	昌召	子由	古學	呼交

	抛	靤	纛	告	鷔	冒	奈	娄	和	赿
正切屬紐	滂效	並效	定号	見号	疑号	明号	泥箇	精箇	匣箇	昌禡
箋三又音	/	/	/	/	/	/	/	/	/	/
王三又音	普交	普角	大刀	古沃	五刀	莫北	奴盖	子對/徂嫁	胡戈	丑格

	炙	憨	上	裝	右	盍	灸	漱	髱	覆	畜
正切屬紐	章禡	匣勘	禪漾	莊漾	云宥	云宥	見宥	生宥	滂宥	滂宥	徹宥
箋三又音	/	/	/	/	/	/	/	/	/	/	/
王三又音	之石	呼甘	時掌	側良	于久	余久	居有	蘓豆	匹力〔註 9〕	敷福	許郁

	睺	瞀	仆	漱	漚	嫢	吼	蹞	枕	燄
正切屬紐	匣候	明候	滂候	心候	影候	影候	曉候	溪幼	章沁	以豔
箋三又音	/	/	/	/	/	/	/	/	/	/
王三又音	胡鉤	妄角	扶北/撫遇	所救	於侯	市由	呼后	香仲	之稔	呼赤

	憸	窆	粘	槧	斂	占	興	猎	歉	鑱	怵
正切屬紐	影豔	幫豔	書豔	清豔	來豔	章豔	曉證	影陷	溪陷	崇鑑	知質
箋三又音	/	/	/	/	/	/	/	/	/	/	/
王三又音	於驗	方鄧	他念	作感	力險	支鹽	許陵	乙咸	口咸	士咸	丑律

〔註 9〕底卷作「刃」。龍宇純校云：「刃字王一、王二、唐韻並作力，當從之。」見龍宇純《唐寫全本王仁昫刊謬補缺切韻校箋》，香港中文大學，1968 年，校箋部分第 559 頁。

	悖	嗢	脫	撮
正切屬紐	並沒	影沒	定末	精末
箋三又音	/	/	/	/
王三又音	蒲潰	烏八	吐活	七活

四、《王三》無而箋三有的又音

此類共 33 字。

	眇	羸	幸	鮦	謏	扣	剡	獫	栖	餲
正切屬紐	見小	來智	匣耿	澄有	心厚	溪厚	以琰	曉琰	心霽	影祭
箋三又音	紀小	盧過	古晃	直隴	蘇了	俗音寇	時琰	力險	先奚	云遏
王三又音	/	/	/	/	/	/	/	/	/	/

	差	謑	鎮	分	瀿	飯	沉	稱	比
正切屬紐	初卦	曉卦	知震	並問	影焮	並願	澄沁	昌證	並質
箋三又音	楚宜/楚佳	于媚	陟人	方文	於勤	符晚	直任	處陵	鼻脂/必履/婢四
王三又音	/	/	/	/	/	/	/	/	/

	汩	蔚	亥	屈	祓	圪	乞	閼	訐	扤
正切屬紐	云質	影物	見物	溪物	滂物	云迄	溪迄	影月	見月	疑沒
箋三又音	古沒	又音尉	九月	居物	孚物	魚迄	去饑	於葛/於連	居例	又音月
王三又音	/	/	/	/	/	/	/	/	/	/

	紇	淈	卒	拔〔註 10〕
正切屬紐	匣沒	匣沒	精沒	並末
箋三又音	胡結	古忽	子出	矢括
王三又音	/	/	/	/

「幸」又音可能有問題。

幸：《切三》只見於胡耿反〔36〕〔頁 97〕，《廣韻》只見於胡耿切〔33〕〔頁 297〕，《集韻》只見於下耿切〔34〕〔頁 122〕，均無異讀。P.3693 號背胡耿反注「幸」云：「《說文》吉，古晃反。」〔36〕〔頁 172〕，大徐音「胡耿切」〔31〕〔頁 214〕。「古晃反」不詳何出。

〔註 10〕《王三》「拔」字脫，「拔」字義誤繫於「犮」字下。見龍宇純《唐寫全本王仁昫刊謬補缺切韻校箋》，香港中文大學，1968 年，校箋部分第 636～637 頁。

「祓」有又音不必疑，然又音音切有問題。

祓：「孚」亦滂母字，P.3694 號背又音與正切重。《切三・物韻》敷物反下「又孚物反」〔36〕〔頁 101〕，同誤。《王二・物韻》敷物反下無「祓」，別出孚勿反，注「又孚吠反」〔36〕〔頁 610〕。《唐韻・物韻》敷物反下「又方吠反」〔36〕〔頁 697〕。「吠」廢韻字，「祓」亦見廢韻，如《王二・廢韻》、《王三・廢韻》方肺反〔36〕〔頁 592，頁 498〕，《廣韻・廢韻》方肺切〔33〕〔頁 371〕。《切三・物韻》、《王三・物韻》「又孚物反」當是襲誤前書，應作「又方肺反」之類。

五、小結

《王三》和箋三共有的字中，總計有 187（=62+2+90+33）字《王三》、箋三至少一書注有又音。

第一類，《王三》、箋三兩書都注有又音。共 62 字注有相同的又音，其中 53 字又音完全相同（85.48%=53/62），2 字又音上字二書用字不同、但聲類相同（3.23%=2/62），5 字又音下字二書用字不同、但韻類相同（8.06%=5/62），2 字又音有傳襲前書的因素，音類也相同（3.23%=2/62）。《王三》、箋三僅 2 字又音不同，「打」字有其他的語音因素，「解」字實際兩書注不矛盾，可以互補。

第二類，《王三》、箋三只有一書注有又音。其中，《王三》注又音而箋三未注的共 90 字。這一數字大大超過二書共有的又音數（64=62+2），在 187 個比較字中佔到幾近一半（48.13%=90/187），足可以印證《王序》補缺的旨趣。《王三》未注又音而箋三有注的共 33 字。這個數字不小，在 187 字中佔近 1/5（17.65%=33/187）。這是尤其值得注意的一類，如果這 33 字又音確實如箋三那樣出現在二書共同的母書中的話，那麼《王三》在補缺的同時大量刪除的原因是什麼？不過，也可以假定這 33 字又音是箋三新加的，不過箋注本一類的《切韻》傳寫本似乎在增加又音上並沒有太大的興趣。

總體來看，《王三》和箋三的吻合度非常高。兩書一脈相傳的說法是可以確信的。

第二節 《王三》和箋注本《切韻》二又音的比較

S.2055 號周祖謨稱爲「箋注本《切韻》二」，學界因其爲王國維手抄《切韻》第二種，習稱「切二」（下文依此稱說）。此卷存陸序、長孫序、平聲上二十六韻目、東韻到魚韻九韻字，虞韻以下未抄，共 179 行，各韻基本上都是完整的。周祖謨認爲此卷與箋注本《切韻》三是同一類書，底本與王仁昫所據陸法言書相近，有相同的上位來源〔註11〕。此卷書法粗劣，訛誤較多，不算精本，不過注文釋義比箋三更爲簡單，不少字只出字頭，不出訓釋，儼然是早期韻書的面貌，而且前九個韻基本爲完帙，局部完整的面貌在早期韻書中是非常難得的，因此要考鏡源流，此卷頗有對勘價值。

周祖謨指出，此卷之韻「䲙」字起到魚韻「𣪠」字止一段，共二十行，主要是微韻字，是先出反切，後出訓解，再記一紐字數，體例與其他各韻不同，而與《王韻》的體制和內容幾乎完全相合，而且注文中不出現案語，不類該卷的其他部分，由此可知，此卷還雜有《王韻》在內，而不是單純的一種書，可能抄書時底本有殘缺，故用《王韻》抄配〔註12〕。

一、《王三》和《切二》相同的又音

此類共 70（=65+3+2）字。

（一）《王三》和《切二》反切相同的又音

	罿	潼	中	眾	潨	彤	夢	汎	釭	虹
正切屬紐	定東	定東	知東	章東	章東	以東	明東	並東	見東	匣東
切二又音	尺容	他紅/昌容	陟仲	之仲	在冬	敕林	武仲	孚劒	古雙	古巷
王三又音	尺容	他紅/昌容	陟仲	之仲	在冬	敕林	武仲	孚劒	古雙	古巷

	檧	葼	潨	炵	訟	傭	澭	壅	穠	丰	豐
正切屬紐	心東	精東	從冬	定冬	邪鍾	以鍾	影鍾	影鍾	娘鍾	敷鍾	敷鍾
切二又音	先孔	則貢	職隆	他冬	徐用	丑凶	以隹	於隴	而容	伏風	敷隆
王三又音	先孔	則貢〔註13〕	職隆	他冬	徐用	丑凶	以隹	於隴	而容	伏風	敷隆

	縱	釭	降	橦	憃	擨	匜	錘	吹	奇
正切屬紐	精鍾	見江	匣江	澄江	徹江	以支	以支	澄支	昌支	群支
切二又音	子用	古紅	古巷	徒東	丑龍/丑用	以遮	羊氏	馳僞	尺僞	居宜
王三又音	子用	古紅	古巷	徒東	丑龍/丑用	以遮	羊氏	馳僞	尺僞	居宜

〔註11〕 周祖謨《唐五代韻書集存》，中華書局，1983年，第851頁。

〔註12〕 周祖謨《唐五代韻書集存》，中華書局，1983年，第835頁。

〔註13〕 《王三》又云：「吳人音。」

	碕	岐	鴜	釃	痿	劑	比	棍	韇	遟
正切屬紐	群支	群支	精支	生支	日支	精支	並脂	並脂	徹脂	澄脂
切二又音	巨機	渠羈	疾移	山尒	於佳	在細	必履/婢四/扶必	方奚	勑辰	直利
王三又音	巨機	渠羈	疾移	山尒	於佳	在細	必履/婢四/扶必	方奚	勑辰	直利

	祁	嵫	睢	薇	黴	歸	狋	梩	犛	薇	妃
正切屬紐	群脂	來脂	心脂	明脂	明脂	溪脂	疑脂	來之	來之	明微	滂微
切二又音	市支	力罪	許葵	無非	莫背	丘誄	巨負	都皆	莫交	武悲	普佩
王三又音	市支	力罪	許葵	無非	莫背	丘誄	巨負	都皆	莫交	武悲	普佩

	菲	昔	㟪	崎	譏	幾	蘄	犩〔註14〕	齬
正切屬紐	滂微	滂微	影微	群微	群微	群微	見微	疑微	疑魚
切二又音	芳尾/符未	方巾	於鬼/於罪	渠羈	公哀	居希/古亥	今音祈	牛畏	魚舉
王三又音	芳尾/符未	方巾	於鬼/於罪	渠羈	公哀	居希/古亥	今音祈	牛畏	魚舉

	輿	沮	涂	洳
正切屬紐	以魚	清魚	澄魚	日魚
切二又音	与庶	慈与	直胡	人慮
王三又音	与庶	慈与	直胡	人慮

此類共 65 字。

「縱」、「降」、「韇」、「黴」、「妃」、「昔」、「洳」七字《切二》或《王三》切語有問題。經校正計入此類。

縱：《切二・鍾韻》即容反下「又字用反」〔36〕〔頁 151〕。P.3696 號、《切三》鍾韻即容反下「又子用反」〔36〕〔頁 41，頁 74〕。《王二・鍾韻》即容反下「又即用反」〔36〕〔頁 540〕。諸書「縱」無音從母者。《切二》又音上字「字」爲「子」之訛。

降：《王三・江韻》下江反下「又苦巷反」〔36〕〔頁 438〕。《王二・江韻》下江反下「又古巷反」〔36〕〔頁 541〕。《廣韻・江韻》下江切下「又古巷切」〔33〕〔頁 19〕。「降」諸書俱又收於見母江韻一紐。《王三》「苦」字誤。

韇：《王三・脂韻》丑脂反下「又勑展反」〔36〕〔頁 440〕。《切三・脂韻》丑脂反下「又勑辰反」〔36〕〔頁 75〕。《王二・脂韻》丑脂反下「又勑辰、勑忍二反」〔36〕

〔註 14〕《切二》誤作「魏」。

〔頁548〕。《廣韻・脂韻》丑飢切下「又敕辰、抽敏二切」〔33〕〔頁33〕。《王三》又音下字「展」當正爲「辰」。

黴：《切二・脂韻》武悲反下「又草背反」〔36〕〔頁154〕。《切三・脂韻》武悲反下「又莫背反」〔36〕〔頁75〕。《王二・脂韻》武悲反下「又無非、莫背二反」〔36〕〔頁549〕。《廣韻・脂韻》武悲切下「又莫背切」〔33〕〔頁37〕。明母字無又音清母之理，「莫」誤書作「草」常見。

妃：《切二・微韻》芳非反下「又並佩反」〔36〕〔頁155〕。《王一・微韻》芳非反下「又普佩反」〔36〕〔頁250〕。《廣韻・微韻》芳非切下「又音佩」〔33〕〔頁44〕。「佩」滂母字。《切二》又音上字「普」誤作「並」。

䨽：《切二・微韻》芳非反下又「芳小反」〔36〕〔頁155〕。《王一・微韻》芳非反下「又方巾反」〔36〕〔頁250〕。《廣韻・微韻》芳非切下「又方市切」〔33〕〔頁44〕，余迺永正「市」作「巾」〔註15〕。《切二》又音上字贅「艸」，下字形近而誤。

洳：《切二・魚韻》如魚反下「又人盧反」〔36〕〔頁157〕。《切三・魚韻》女魚反下「又人慮反」〔36〕〔頁76〕。《廣韻・魚韻》人諸切下「又人慮切」〔33〕〔頁51〕。《切二》又音下字「盧」誤。

（二）《王三》和《切二》上字不同、但聲類相同的又音

	爲	帔	譽
正切屬紐	云支	滂支	以魚
切二又音	遠僞	普髲	与據
王三又音	榮僞	芳髲〔註16〕	以據

此類共3字。

「遠」、「榮」同云母字，「普」、「芳」同滂母字，「与」、「以」同以母字。

（三）《王三》和《切二》下字不同、但韻類相同的又音

	提	輜
正切屬紐	禪支	初之
切二又音	弟遲	側治
王三又音	弟泥	側持

〔註15〕 余迺永《新校互註宋本廣韻》（增訂本），上海辭書出版社，2000年，第33頁。

〔註16〕 《王三》誤作「髮」。

此類共 2 字。

提：《切三》、《王三》齊韻奴低反下有「泥」無「埿」〔36〕〔頁 78，頁 446〕；《廣韻》齊韻奴低切下收「泥」、「埿」二字，「埿」字注文作：「塗也，俗。」〔33〕〔頁 71〕《王三》又音下字蓋以「埿」爲俗寫而取「泥」字。

輜：「治」、「持」《王三》同之韻直之反〔36〕〔頁 442〕，《王三》又音下字改字因避高宗李治諱。

二、《王三》和《切二》不同的又音

此類共 1 字。

	衹
正切屬紐	章支
切二又音	巨支
王三又音	渠脂〔註 17〕

衹：《王三・支韻》章移反下「又渠賭反」〔36〕〔頁 438〕。「賭」爲「脂」字寫誤。P.3696 號支韻章移反下「又巨支反」〔36〕〔頁 42〕。《廣韻・支韻》章移切下「又巨支切」〔33〕〔頁 20〕。《王三》「衹」另入支韻巨支反〔36〕〔頁 439〕，脂韻群脂反下無。《切韻》時代，標準的北方方言變體支脂無別，此又音混韻，是受了方言的影響。

三、《王三》有而《切二》無的又音

此類共 34 字。

	蟲	蠭	艨〔註 18〕	巃	洚	蓊	悤	堫	嵸	珙
正切屬紐	澄東	敷東	明東	來東	匣東	影東	清東	精東	精東	見冬
切二又音	/	/	/	/	/	/	/	/	/	/
王三又音	勑中	芳鳯〔註 19〕	武用	力董	下〔註20〕江	烏孔	子孔	楚江/楚絳	作孔	居勇

〔註 17〕《王三》誤作「賭」。

〔註 18〕《切二》誤作「艟」。

〔註 19〕《王三》誤作「凬」。

〔註 20〕《王三》脱「下」字。

	鏞	傭	降	�星	倭	纗	睢	籥	魃	觭	堤
正切屬紐	以鍾	徹鍾	滂江	徹江	影支	曉支	曉支	昌支	群支	溪支	禪支
切二又音	/	/	/	/	/	/	/	/	/	/	/
王三又音	蜀容	餘封	彭江	丑巷	烏和	胡圭	許葵〔註21〕	尺僞	渠寄	居倚	丁奚

	鞼	垐	齌	唯	脽	槌	腒	豦	於	宁
正切屬紐	清脂	從脂	從脂	以脂	禪脂	澄脂	群魚	群魚	影魚	澄魚
切二又音	/	/	/	/	/	/	/	/	/	/
王三又音	士諧/疾脂/士佳	才即	在奚	以〔註22〕水	之流	馳累	九魚	居御	哀都	直旅

	藷	砠	袽
正切屬紐	章魚	精魚	娘魚
切二又音	/	/	/
王三又音	直閭	七余	奴下

四、《王三》無而《切二》有的又音

此類共 8 字。

	騎	萎	遺	陑	輜	歟	狙	稌
正切屬紐	群支	影支	以脂	日之	莊之	以魚	清魚	莊魚
切二又音	奇寄	一嬀	于季	音仍	楚治	与庶	七庶	又音杜
王三又音	/	/	/	/	/	/	/	/

五、小結

《王三》和《切二》共有的字中，總計有 113（=70+1+34+8）字《王三》、《切二》至少一書注有又音。113 這個數字還要再打個折扣。《切二》微韻據《王韻》補配，這部分因素最好考慮進去。《切二》、《王三》微韻的又音紀錄完全一致，共「微妃菲蜚崾崎讖機蘄虋」10 字，切語毫釐不爽。這樣的話，這 10 字的又音應該算作是《王韻》的，不參與《王三》、《切二》的比較爲上。《王三》、《切二》可資比較的又音字實際是 103（=113-10）字。

〔註21〕《王三》誤作「蔡」。

〔註22〕《王三》脱「以」字。

第一類，《王三》、《切二》兩書都注有又音。共 70 字注有相同的又音（除去微韻 10 字，實際共 60 字又音相同），其中 65 字又音完全相同，除去微韻 10 字，實際共 55 字又音完全相同（91.67%=55/60），3 字又音上字二書用字不同、但聲類相同（5%=3/60），2 字又音下字二書用字不同、但韻類相同（3.33%=2/60）。《王三》、《切二》僅「衹」1 字又音不同，而且又音收字並沒有錯韻，又音出注的不同只是方音的流露。

第二類，《王三》、《切二》只有一書注有又音。其中，《王三》注又音而《切二》未注的共 34 字。這一數字差不多是二書共有的又音數（61=60+1）的二分之一強（55.74%=34/61），在 103 個比較字中佔到近 1/3（33.01%=34/103），補缺的量不小。《王三》未注又音而《切二》有注的共 8 字，不算太多，在 103 字中佔 7.77%（=8/103）。這一數字和箋三相比，無論是所佔比例（箋三 17.65%），還是絕對數量（箋三 33 字），《切二》此 8 字都可以不必看重，甚至徑直認爲是《切二》在《王三》、《切二》共同母書的基礎上增加的，而不代表《王三》對母書的刪音。

總體來看，《王三》和《切二》的吻合度非常高，甚至比《王三》、箋三的關係還要密切一些。

第三節 總結

通過《王三》與箋三、《切二》的分別比較，可以看出《王三》對前書又音的繼承非常忠誠，幾乎是照錄，切語用字幾乎不變。如果被注字習見，《王三》通常不注又音，如「差」、「比」，都是箋三有又音，而《王三》未注的。

比較《王三》、箋三時，我們曾懷疑《王三》在母書的基礎上增加又音，同時還可能刪除了不少又音。《王三》、《切二》的比較結果證僞這一猜測。箋三、《切二》的時代、代次差不多都居於一個層次，《王三》無而《切二》有又音的現象並不突出，如果《王三》確實刪除了母書大量又音，就必須推論大量刪除母書又音的行爲也存在於《切二》中，但是這種可能性對早期韻書來說，大概不是普遍的。

因此，不妨這樣認識，箋三、《切二》、《王三》從母書中繼承了共同的又音紀錄，又彼此獨立增注又音。《切二》增注最少，箋三增注次於《王三》，數量不少，《王三》增注最多。從又音和正切的音類關係看，三書增注的都不是時音，補缺不是《王三》的專利，《切韻》系書早有傳統，只是《王三》在這方面功夫下得最深。

第四章　《王三》異讀的來源

第一節　《王三》異讀的文獻出處

《王三》引書名見於注文的有《周易》10〔註1〕、《尚書》3、《詩經》22〔註2〕、《周禮》2、《禮記》6〔註3〕、《論語》3、《左傳》5、《爾雅》1、《孟子》1、《方言》1、《說文》10、《國語》3、《史記》3、《漢書》9〔註4〕、《後漢書》1、《晉書》1、《周書》1、《山海經》1、《老子》1、《莊子》5、《墨子》1、《六韜》1、《太玄經》1、《淮南子》1、《楚辭》1、《文選》1〔註5〕、《大古音經》1、《孝子傳》1，共28部，收羅甚廣，都是比較正統的典籍，唯《大古音經》不可考，《孝子傳》佚失。《王三》的異讀很可能就來自於前人對這些典籍作的音注。

一、有明確文獻出處的異讀

《王三》異讀多不載出處，載者唯見兩條。

〔註1〕數字爲引用次數，下同。

〔註2〕包括《韓詩》1次。

〔註3〕包括《禮記・月令》1次。

〔註4〕包括《漢書・王子侯表》1次。

〔註5〕即《蜀都賦》1次。

載：年，又作代反，出《方言》。(海韻，作亥反，477)

按：《切三・海韻》未收[36][頁94]。《王一・海韻》同《王三》[36][頁293]。《方言》未見言名詞年載字，唯卷一二第六二條：「堪，輂，載也。」郭璞注：「輂轝亦載物者也，音釘鍋。」[10][頁76]《王三》「又作代反」當即動詞「載也」之音。然今本《方言》未出切「作代反」，或《王三》所據《方言》與今本有出入。

皛：普白反，亦打，又胡了反，出《蜀都賦》，又莫百反。(陌韻，普白反，520)

按：《文選・(左思)蜀都賦》：「皛貙氓於葽草，彈言鳥於森木。」李善注：「皛，胡了切，當爲拍，拍，普格切。」[38][頁80]與《王三》合。李善上《文選注表》於唐顯慶三年（658），陸法言《切韻》成書於隋仁壽元年（601），陸氏必不能參見李善音注。首次對《文選》注解音義的蕭該正是「同詣法言門宿」「夜永酒闌，論及音韻」的八人之一，「又胡了反」取音準蕭該，故早期《切韻》系書已見，如《切三・陌韻》普伯反：「皛，亦朾，又胡了反，出《蜀都》。」[36][頁104]李善亦傳蕭氏。

二、無明確文獻出處的異讀

《王三》大部分異讀沒有明確注明文獻出處，不過仍有一些可據注文索隱。注文提供的信息有直接的書名，也有其他內容的間接提示。

（一）據注文可確定音讀所出者

僅1處。

謾：謾欺，慢言。(寒韻，武安反，452)

謾：欺，出《漢書》。(仙韻，武連反，454)

謾：欺謾。(諫韻，莫晏反，500)

按：《漢書》顏師古注「謾」音15處。如《漢書・宣帝紀》：「務爲欺謾，以避其課。」顏師古曰：「謾，誑言也，音慢，又音莫連反。」[13][頁273~274]《漢書・季布傳》：「今噲奈何以十萬眾橫行匈奴中，面謾！」顏師古曰：「謾，欺誑也，音嫚，又音莫連反。」[13][頁1977]《漢書・薛宣傳》：「同時陷于謾欺之辜，咎繇君焉！」顏師古曰：「謾，誑也，音慢，又音莫干反。」[13][頁3393~3394]音慢、音嫚即音莫晏反，又音莫連反即又音武連反，又音莫干反即又音武安反。

（二）據注文可推定音讀所出者

如從《周易》音注。

柅：木名。（脂韻，女脂反，440）

柅：椅柅。（紙韻，女氏反，473）

柅：女履反，絡絲柎〔註6〕，《易》金柅。（旨韻，女履反，473）

按：《周易・姤》：「初六。繫于金柅，貞吉。」〔46〕〔頁403〕《釋文》：「柅，徐乃履反，又女紀反，《廣雅》云止也，《說文》作檷，云絡絲趺也，讀若昵，《字林》音乃米反。」〔17〕〔頁27〕乃履反相當於女履反，《王三》取徐邈音。

如從《詩經》音注。

佻：輕佻。（蕭韻，吐彫反，455）

佻〔註7〕：獨行，《詩》云佻佻〔註8〕公子。（蕭韻，徒聊反，455）

按：《詩經・小雅・大東》：「佻佻公子，行彼周行。」〔27〕〔頁728〕《釋文》：「佻佻，徒彫反，徐又徒了反，沈又徒高反，獨行貌。」〔17〕〔頁83〕徒彫反即徒聊反，《王三》是音蓋本《詩經》陸德明音切。

茆：鳧葵，又力有反。（巧韻，莫飽反，481）

茆：鳧葵，水草，《詩》云言採其茆，又莫飽反。（有韻，力久反，485）

按：P.3693 號背有韻同〔36〕〔頁173〕。《詩經・魯頌・泮水》：「思樂泮水，薄采其茆。」〔27〕〔頁1072〕《釋文》：「其茆，音卯，徐音柳，韋昭萌藻反，鳧葵也。」〔17〕〔頁105〕音卯即音莫飽反，音柳即音力久反。《切韻》系書二音同前人《詩經》音注。

〔註6〕底卷作「樹」。龍宇純校云：「樹字王一同，當從切三、王二、廣韻作柎。」見龍宇純《唐寫全本王仁昫刊謬補缺切韻校箋》，香港中文大學，1968年，校箋部分第295頁。

〔註7〕底卷作「㑿」。龍宇純校云：「㑿字切三同。廣韻作佻，與詩合。集韻佻或作㑿。」見龍宇純《唐寫全本王仁昫刊謬補缺切韻校箋》，香港中文大學，1968年，校箋部分第156頁。

〔註8〕底卷作「㑿㇀」，今依龍宇純校改作「佻佻」。見龍宇純《唐寫全本王仁昫刊謬補缺切韻校箋》，香港中文大學，1968年，校箋部分第156頁。

如從《禮記》音注。

䞨：《礼》曰䅳子䞨之喪。（魂韻，他昆反，451）

䞨：上同（黗）。（寒韻，他端反，452）

按：《禮記·檀弓下》：「孺子䞨之喪，哀公欲設撥。」鄭玄注：「䞨，魯哀公之少子。」[19][頁288]《釋文》：「子䞨，吐孫反，魯哀公子。」[17][頁172]吐孫反即他昆反。

仂：不懈。（職韻，良直反，525）

仂：《礼記》祭用數之仂。（德韻，盧德反，526）

按：《禮記·王制》：「祭用數之仂。」[19][頁337]《釋文》：「之仂，音勒，又音力。」[17][頁173]音勒即音盧德反，音力即音良直反。《王三》所收當源出前人《禮記》音注。

如從《左傳》音注。

廖：左氏有辛伯廖。（蕭韻，落蕭反，455）

廖：人姓，漢有廖湛。（宥韻，力救反，507）

按：《左傳·莊公二十七年》：「王使召伯廖賜齊侯命。」[5][頁177]《左傳·閔公元年》：「辛廖占之曰吉。」[5][頁189]《左傳·宣公六年》：「鄭公子曼滿與王子伯廖語，欲爲卿。」[5][頁378]《釋文》均作：「廖，力彫反。」[17][頁229，頁230]與《王三》合。陸德明蓋襲前人注《左傳》之切語。

勠：并力，《左[註9]傳》勠力同心。（尤韻，力求反，465）

勠：併力，又力抽反。（屋韻，力竹反，510）

按：《左傳·成公十三年》：「昔逮我獻公及穆公相好，戮力同心，申之以盟誓，重之以昏姻。」[5][頁462]《釋文》：「相承音六，嵇康力幽反，呂靜《字韻》與飂同，《字林》音遼。」[17][頁252]音六即音力竹反，與飂同即音力求反，力幽反亦相當於力求反。又《左傳·昭公二十五年》：「戮力壹心，好惡同之。」[5][頁894]《釋文》：「音六，又力彫反。」[17][頁289]《王三》二音並依《左傳》音注，力竹反爲相承音，不注出處，力求反從呂靜，注《左傳》明所出。

[註9] 底卷作「右」。龍宇純校云：「右當作左。」見龍宇純《唐寫全本王仁昫刊謬補缺切韻校箋》，香港中文大學，1968年，校箋部分第238頁。

如從《方言》音注。

悒：快〔註10〕，吳人云，又況晚反〔註11〕。（仙韻，須緣反，454）

悒：寬閑心。（阮韻，況晚反，478）

按：《方言》卷二第一七條：「秦曰了。」郭璞注：「今江東人呼快爲悒，相緣反。」〔10〕〔頁14〕須緣反即相緣反。「悒」及反切下字「緣」均合口字，反切上字「相」開口字。《切韻》系書爲求拼切和諧，上字用合口「須」字。《切三・仙韻》須緣反：「悒，快，吳人云。」〔36〕〔頁83〕須緣反蓋從《方言》郭注。

莈：羊捶反，雞頭。（紙韻，羊捶反，472）

莈：燕人呼芡。（昔韻，營隻反，519）

按：《方言》卷三第十條：「莈，芡，雞頭也，北燕謂之莈。」郭璞注：「今江東亦呼莈耳。」〔10〕〔頁20〕周祖謨校箋：「齊民要術卷十引及御覽卷九百七十五引……莈下且有注文『音役』二字。」〔10〕〔頁20〕音役即音營隻反。

如從《楚辭》音注。

衙：縣名，在馮翊。（麻韻，五加反，460）

衙：《楚辞》云遵〔註12〕飛廉之衙〔註13〕。（語韻，魚舉反，474）

按：《切三》、《王一》語韻「衙」字音訓與《王三》合〔36〕〔頁92，頁290〕。《楚辭・九辯》：「屬雷師之闐闐兮，通飛廉之衙衙。」王逸注：「通，一作道。」洪興祖補注：「衙衙，行貌，舊五乎切，又牛呂切，《集韻》音魚。」〔2〕〔頁196〕魏晉隋唐未見「衙」作五乎一讀，舊五乎切可再上推，「乎」、「衙」同爲古魚部字。又牛呂切即魚舉反。《切韻》系書錄自某家《楚辭》音注。

〔註10〕 底卷作「決」。龍宇純校云：「決當從王一、廣韻作快。」見龍宇純《唐寫全本王仁昫刊謬補缺切韻校箋》，香港中文大學，1968年，校箋部分第147頁。

〔註11〕 底卷作「又況晚二反」。龍宇純校云：「王一無二字，本書誤衍。」見龍宇純《唐寫全本王仁昫刊謬補缺切韻校箋》，香港中文大學，1968年，校箋部分第147頁。

〔註12〕 龍宇純校云：「遵當從切三、王一、王二、廣韻作導。」見龍宇純《唐寫全本王仁昫刊謬補缺切韻校箋》，香港中文大學，1968年，校箋部分第303頁。

〔註13〕 龍宇純校云：「衙下當從諸書補衙字或重文。」見龍宇純《唐寫全本王仁昫刊謬補缺切韻校箋》，香港中文大學，1968年，校箋部分第303頁。

（三）注文所示出處與文獻不相合者

有出處與文獻不合者。

醷：《周礼》云梅漿。（止韻，於擬反，474）

醷：梅醬〔註14〕。（職韻，於力反，525）

按：今本《周禮》無。《禮記・內則》：「或以酏爲醴，黍酏、漿、水、醷、濫。」鄭玄注「醷」：「梅漿也。」〔19〕〔頁742〕《釋文》：「於紀反，徐於力反。」〔17〕〔頁187〕於紀反即於擬反。「醷」字二音從《禮記》出而非從《周禮》，或今本《周禮》與古本有異。

有出處和讀音均與文獻不合者。

搶：拒。（陽韻，七將反，462）

搶〔註15〕：攙搶，妖星。（庚韻，楚庚反，463）

搶：頭搶地，出《史記》。（養韻，測兩反，484）

按：「頭搶地」語出《戰國策・魏策四・秦王使人謂安陵君》：「布衣之怒，亦免冠徒跣，以頭搶地爾。」〔43〕〔頁1344〕《史記》不見該語。《漢書・司馬遷傳》：「見獄吏則頭槍地。」顏師古曰：「槍，千羊反。」〔13〕〔頁2733-2734〕《文選・（司馬遷）報任少卿書》：「見獄吏則頭槍地，視徒隸則正惕息。」李善注：「七良切。」〔38〕〔頁579〕「搶」、「槍」似無定寫，《切三・養韻》作「槍」，訓同《王三》〔36〕〔頁97〕。蓋此句爲司馬遷語，遂誤作「出《史記》」。顏注「千羊反」、李注「七良切」，均合七將反，魏晉隋唐音義未見「搶」、「槍」音養韻者，《切韻》系書音義所本不明，或口語如是。

亦有出處與文獻當合，然今本字作別體者。

諞：巧言，《論語》云佞人也。（仙韻，房連反，454）

〔註14〕龍宇純校云：「醬字王二、S.6012、唐韻、廣韻並作漿，當從之。」見龍宇純《唐寫全本王仁昫刊謬補缺切韻校箋》，香港中文大學，1968年，校箋部分第718頁。

〔註15〕龍宇純校云：「攙搶二字王一同，當從廣韻從木作槍欃，爾雅釋天云彗星爲槍欃。」見龍宇純《唐寫全本王仁昫刊謬補缺切韻校箋》，香港中文大學，1968年，校箋部分第224頁。

諞：巧言，又得〔註16〕蟬反（獮韻，符蹇反，480）

按：今本《論語・季氏》：「友便佞，損矣。」[21][頁1149~1150]《說文解字・言部》：「諞，便巧言也，从言扁聲，《周書》曰戔戔善諞言，《論語》曰友諞佞。」[31][頁55] 知古《論》作「諞」。《尚書・秦誓》：「惟截截善諞言。」[26][頁553]《釋文》：「諞，音辨，徐敷連反，又甫淺反。」[17][頁52] 音辨即音符蹇反，敷連反與房連反有輕重之別。「諞」字音讀《王三》當有所依託。《論語・季氏》陸德明摘「便佞」二字[17][頁353]，《釋文》所本已非古《論》。

第二節 《王三》異讀的成因

葛信益曾概括《廣韻》異讀字發生之原因，舉凡八端：一字因方音不同，而有異讀者；一字有名動之分，後世遂依音辨義者；一字相反爲訓，而後世音異者；用爲重言形況字而音變者；用爲雙聲或疊韻連語而音變者；用爲人物地名而音異者；義有引申而音亦隨之變者；因借爲他字而音變者〔註17〕。

趙振鐸分析《廣韻》的又讀字，認爲《廣韻》的又讀絕大多數來源於前代舊注和音義之書，有些又讀字反映了字音的古今分歧、方俗讀音和古漢語某些構詞和構形的規律，某些又讀是某字在特定場合的特定讀音〔註18〕。

葛、趙二氏各有立論，但並不矛盾。概而統之，不出五事：因假借而生異讀，因誤認聲旁而生異讀，因方俗而生異讀，因語流音變而生異讀，因別義而生異讀。前二事起因於文字現象，因假借而生的異讀早期必有語音上的聯繫，因誤認聲旁而生的異讀純粹是習非成是。因方俗而生的異讀主要反映了語音在不同空間的不同發展道路，也會有一些時間階段的共現。語流音變產生的異讀有發聲學、生理學等普遍音理作支持，不過就表現來說，屬於個案。因別義而生的異讀跟構詞、構形關係密切，是漢語音義孳乳的一種重要方式。以上五種類型在《王三》中也有體現。

〔註16〕龍宇純校云：「得蓋符字之誤。」見龍宇純《唐寫全本王仁昫刊謬補缺切韻校箋》，香港中文大學，1968年，校箋部分第349頁。又疑「得」蓋「復」之訛，然《切韻》系書無此上字。

〔註17〕葛信益《〈廣韻〉異讀字發生之原因》，原作於1947年，後收入葛信益《廣韻叢考》，北京師範大學出版社，1993年，第3～9頁。

〔註18〕趙振鐸《〈廣韻〉的又讀字》，《音韻學研究》（第1輯），中華書局，1984年，第314～329頁。

一、因假借而生異讀

蜺：雌虹，又五結反，五計反，亦作霓。（齊韻，五嵇反，446）

蜺：寒蜩。（屑韻，五結反，517，）

按：《說文・虫部》：「蜺，寒蜩也。」〔31〕〔頁281〕段注云：「或叚爲虹霓字。」〔32〕〔頁668〕《說文・雨部》：「霓，屈虹青赤，或白色陰气也。」〔31〕〔頁242〕段注曰：「一从虫作蜺，猶虹从虫也。」〔32〕〔頁574〕《方言》卷一一第二條：「黑而赤者謂之蜺。」郭璞注：「雲霓。」〔10〕〔頁68〕「蜺」於「虹」義假借作「霓」。

《經典釋文》三見「蜺」字，一見「霓」字。

《周禮・冬官考工記・梓人》「以旁鳴者」句鄭玄注：「旁鳴，蜩蜺屬。」〔44〕〔頁3376〕《釋文》：「蜺，五兮反，又五歷反，又五結反。」〔17〕〔頁139〕《禮記・月令》：「涼風至，白露降，寒蟬鳴，鷹乃祭鳥，用始行戮。」鄭玄注：「寒蟬，寒蜩，謂蜺也。」〔19〕〔頁467〕《釋文》：「蜺也，五兮反，寒蜸。」〔17〕〔頁177〕《爾雅・釋蟲》：「蜺，寒蜩。」〔9〕〔頁135〕《釋文》：「蜺，五兮反，呂、郭牛結反。」〔17〕〔頁430〕「蜺」均作「蜩蜺」義，以五兮反疑齊爲首音，五結/牛結疑屑、五歷反疑錫爲又音。

「霓」字見《爾雅・釋天》：「疾雷爲霆霓。」〔9〕〔頁81〕《釋文》：「霓，五兮反，如淳五結反，郭五擊反，《音義》云，雄曰虹，雌曰霓，《說文》曰，屈虹，青赤也，一曰白色陰氣也，故《孟子》云，若大旱之望雲霓也，本或作蜺，《漢書》同。」〔17〕〔頁419〕「本或作蜺」句黃焯匯校：「石經作蜺，單、蜀、吳、瞿、雪、陸、鄭諸本皆同。」〔註19〕故此條陸氏五兮反疑齊原是爲「蜺」字注音，五結疑屑、五擊反疑錫纔是「霓」字的音讀。

要之，陸德明揭示的音義標準非常清楚：蜺，「蜩蜺」義，五兮反疑齊；霓，「虹霓」義，五結疑屑、五擊反疑錫。

《王三・屑韻》五結反下「蜺」、「霓」並出〔36〕〔頁217〕。是音「蜺」蒙「霓」字而有，然訓「寒蜩」不妥。

斁〔註20〕：猒，一曰終，《詩》云服之無斁。（暮韻，徒故反，493）

斁：饜。（昔韻，羊益反，519）

〔註19〕黃焯《經典釋文彙校》，中華書局，1980年，第266頁。

〔註20〕底卷作「斁」。

按：徒故、羊益二反訓釋當有區別。《詩經・周南・葛覃》：「爲絺爲綌，服之無斁。」〔27〕〔頁19〕《釋文》：「無斁，本又作歝，音亦，猒也。」〔17〕〔頁54〕又《詩經・大雅・思齊》：「古之人無斁，譽髦斯士。」〔27〕〔頁851〕《釋文》：「無斁，毛音亦，猒也，鄭作擇。」〔17〕〔頁91〕《尚書・洪範》：「帝乃震怒，不畀洪範九疇，彝倫攸斁。」〔26〕〔頁293〕《釋文》：「斁，多路反，徐同路反，敗也。」〔17〕〔頁46〕《穀梁傳・序》：「禮壞樂崩，彝倫攸斁。」〔4〕〔頁1〕《釋文》：「攸斁，丁故反，字書作殬，敗也。」〔17〕〔頁325〕

徒故一讀字原作「殬」。《說文・歺部》：「殬，敗也，从歺睪聲，《商書》曰彝倫攸殬。」大徐音「當故切」〔31〕〔頁85〕。段注云：「經假斁爲殬。」〔32〕〔頁163〕「斁」遂蒙「殬」增音。《說文・攴部》：「斁，解也，从攴睪聲，《詩》云服之無斁，斁，猒也，一曰終也。」大徐音「羊益切」〔31〕〔頁68〕，《王三》未析辨，將羊益反之義穿錯於徒故反下。

《王二》〔註21〕、《唐韻》、《廣韻》徒故反皆同《王三》訓〔36〕〔頁588，頁645〕，〔33〕〔頁347〕，誤。唯《王二・暮韻》當故反：「殬，敗也，《商書》『彝倫攸殬』，又大故反，又作斁。」〔36〕〔頁588〕是。

扒：《詩》云勿剪勿扒。（怪韻，博〔註22〕怪反，497）

扒：擘扒。（薛韻，兵列〔註23〕反，518）

按：《詩經・召南・甘棠》：「蔽芾甘棠，勿翦勿拜。」鄭玄箋：「拜之言拔也。」王先謙注：「《魯》、《韓》拜作扒。……擘也。」〔27〕〔頁89〕「拜」、「扒」別本異文。

P.3696號背怪韻博怪反：「扒〔註24〕，《詩》云『勿剪勿扒』。」〔36〕〔頁181〕《王一・怪韻》同《王三》〔36〕〔頁321〕。《王二・界韻》博怪反：「扒，《詩》云『勿剪勿扒』，擘也。」〔36〕〔頁591〕《唐韻・怪韻》博怪反：「扒，拔也，《詩》云『勿剪勿扒』，《說文》作拜。」〔36〕〔頁655〕《廣韻・怪韻》博怪切：「扒，拔也，《詩》

〔註21〕《王二》字作「殬」，注文言「又作斁」。

〔註22〕底卷作「愽」。

〔註23〕龍宇純校云：「疑列爲別字之誤。」見龍宇純《唐寫全本王仁昫刊謬補缺切韻校箋》，香港中文大學，1968年，校箋部分第661頁。

〔註24〕底卷字頭及注文皆作「朳」。

云『勿剪勿扒』，案，本亦作拜。」〔33〕〔頁365〕《切韻》系書摘字所據《詩經》底本作「扒」字。

吳大徵《字說・拜字說》:「『勿拜』之拜當訓『以手折華』……實則『勿翦勿拜』爲拜字正義。」〔註25〕《說文・手部》:「楊雄說拜从兩手下。」〔31〕〔頁251〕「扒」《說文》無，蓋後起，《詩經》此處用作「拜」之借字，《切韻》系書遂收博怪反一讀。

二、因誤認聲旁而生異讀

䡣：小巵有盖。（獮韻，視兖反，480）

䡣〔註26〕：小巵有盖。（遇韻，符遇反，493）

按:《說文・巵部》:「䡣，小巵有耳蓋者，从巵專聲。」大徐音「市沇切」〔31〕〔頁186〕。《萬象名義・巵部》:「時宛反，巵有盖。」〔47〕〔頁165〕從專聲不得有遇韻音讀。《王二・遇韻》、《唐韻・遇韻》無此字〔36〕〔頁588，頁644〕，是。

「專」、「尃」形近，淺人誤將聲旁識作「尃」，而讀符遇反，「䡣」遂生異讀。

《王三》或前書的撰者或抄者亦查聲旁與歸韻之不諧，便據符遇之音將「專」旁改作「尃」旁。訛誤已出，流弊難免，《廣韻・遇韻》、《集韻・遇韻》同《王三》〔33〕〔頁344〕，〔34〕〔頁141〕，《類篇・巵部》「䡣」外另出「䪔」字，音「符遇切」〔18〕〔頁322〕。

三、因方俗而生異讀

貓：獸名，食鼠，又莫交反。（武儦反，宵韻，456）

貓：獸，食鼠，又莫儦反。（莫交反，肴韻，457）

按:《切三・宵韻》武儦反:「貓，獸名，食鼠，又莫交反。」〔36〕〔頁83〕《切三・肴韻》莫交反:「貓，又武儦反。」〔36〕〔頁84〕與《王三》同。《慧琳音義》卷十一「猫兔」條:「上莫包反，江外吳音以爲苗字，今不取。」〔41〕〔頁414〕又卷十四「貓伺」條:「卯包反，本音苗。」〔41〕〔頁542〕又卷二四「貓貍」條:「傳

〔註25〕 向熹《詩經詞典》(修訂本)，四川人民出版社，1997年，第10頁。「吳大徵」當爲「吳大澂」。

〔註26〕 底卷作「䡣」，視其收韻，本意右旁作「尃」。兹徑錄作「䪔」。

音也，正音苗。」[41][頁920] 又卷七十「猫貍」條：「同亡朝、亡包二反。」[41][頁277] 莫包反、卯包反、亡包反肴韻音同，慧琳以江外吳音苗宵韻爲正。《龍龕手鏡・豸部》：「麥交反，捕鼠貓，又江外音苗也。」[20][頁321] 麥交反即肴韻讀，《龍龕手鏡》與《慧琳音義》合。

《詩經・大雅・韓奕》：「有熊有羆，有貓有虎。」[27][頁979]《釋文》：「有貓，如字，又武交反。」[17][頁99]《禮記・郊特牲》：「迎貓，爲其食田鼠也。」[19][頁695]《釋文》：「音苗。」[17][頁185]《爾雅・釋獸》：「虎竊毛謂之虦貓。」[9][頁154]《釋文》：「貓，亡朝反。」[17][頁435]《爾雅・釋獸》：「蒙頌猱狀。」郭璞注：「健捕鼠，勝於貓。」[9][頁157]《釋文》：「貓，音苗。」[17][頁436] 如字即音苗宵韻，即亡朝反宵韻，陸德明以爲首音，又武交反肴韻爲又音，亦與《慧琳音義》合。

「貓」字二切當爲北音、南音的區別。「貓」字今讀有個大致的傾向，北方方言多只有肴韻一讀，如北京 mau，濟南 mɔ，西安 mau，太原 mau，漸南漸爲宵肴韻兩讀，如武漢、成都、長沙 miau 文 mau 白，雙峰 miɤ 文 mɤ 白，至南地，客粵閩方言多只宵韻一讀，如梅縣 miau，陽江 miɛu，潮州 ŋĩõũ，建甌 miau〔註27〕，與《慧琳音義》、《龍龕手鏡》以宵韻「苗」音爲江外吳音之說正相應。

沙加爾認爲南島語**qarimaw「猛獸」與上古漢語「貓一種虎」**m-r-agw/**m-j-agw 存在可比較的語義對應關係〔註28〕。這一說法可以幫助理解「貓」中古二等肴韻和三等宵韻的上古來源，也許是百越語底層音節結構的某種限制，**m-j-agw 在吳越之地扎根下來，**m-r-agw 卻逐漸淘汰了，**m-j-agw 發展到中古就是三等宵韻，恰好體現了以「苗」爲聲的造字規律，音義家遂以之爲正切，另一方面，北方的情況則是**m-r-agw 音的流行。陸法言於「貓」字肴宵二音無所偏頗，大概也有這一層的考慮。

蓲：烏蓲，草名，又盎富反。（尤韻，去求反，466）

〔註27〕各地音讀摘自北京大學中國語言文學系語言學教研室編、王福堂修訂《漢語方音字匯》（第二版重排本），語文出版社，2003年，第178頁。

〔註28〕〔法〕沙加爾《沙加爾的評論》，〔美〕王士元主編，李葆嘉主譯《漢語的祖先》，中華書局，2005年，第540頁。

按：《切三・尤韻》去求反下：「又央富反。」[36][頁 90]《王一・尤韻》去求反下：「又央留反。」[36][頁 277]《王二・尤韻》去求反下：「又央留反。」[36][頁 561]「留」爲「富」字形誤。「盎」、「央」同影母字。

《爾雅・釋草》：「葖，蘆萉。」郭璞注：「似葦而小，實中，江東呼爲烏蓲，音丘。」[9][頁 127]《詩經・衛風・碩人》：「施罛濊濊，鱣鮪發發，葭菼揭揭。」鄭玄箋：「菼，薍也。」[27][頁 287]《釋文》：「薍，五患反，江東呼之烏蓲，蓲音丘。」[17][頁 62]《齊民要術》卷一〇「烏蓲」條賈思勰「音丘」[22][頁 830]。音丘即音去求反溪尤。

又盎富反是方音。《方言》卷八第四條：「北燕朝鮮洌水之間謂伏雞曰抱。」郭璞注：「江東呼蓲，央富反。」[10][頁 51]《慧琳音義》卷四四引玄應撰《央掘魔羅經》卷一「烏伏」條：「今江北通謂伏卵爲菢，江南曰蓲，音央富反。」[41][頁 1741]《慧琳音義》卷七三引玄應撰《成實論》卷一七「抱卵」條：「通俗文雞伏卵，北燕謂之菢，江東呼蓲，蓲音央富反。」[41][頁 2883]

央富影宥一讀是純粹的方音，《切韻》系書只作爲又音附注，不另出字，《切韻》系書的音韻格局中正切例無影母宥韻的聲韻配合，《切三》、《王韻》、《廣韻》均如是。《可洪音義》卷二五「燕蓲」條：「下扵遇反，《音義》自作央冨反，《韻》无此切。」[39][冊 60，頁 383]可與傳世韻書相佐證。

四、因語流音變而生異讀

蜱：蛸，或作蠯、螷。（支韻，符支反，439）

蜱：無遥反，小虫名。（宵韻，無遥反，456）

按：《說文・䖵部》：「蠯，蠯蛸也，从䖵卑聲，蠯或从虫。」[31][頁 284]蜱，卑聲，不得入宵韻。《爾雅・釋蟲》：「不過蟷蠰，其子蜱蛸。」[9][頁 136]郭璞注「蜱」音毗[9][頁 172]，《釋文》：「蜱，音裨，又婢貽反。」[17][頁 430]《慧琳音義》卷五六「瘭病」條：「蜱同，頻支，蜱蛸也。」[41][頁 2238]《集韻・支韻》賓彌切[34][頁 10]、頻彌切[34][頁 10]，皆無宵韻之讀。

「蜱蛸」，聯綿詞，字無定音，「蜱」音毗、音裨/賓彌切、婢貽反、頻支反/頻彌切，分別是並母脂韻、幫母支韻、並母之韻、並母支韻，四音可視作一類，臨文誦讀耳。

《爾雅・釋蟲》郭璞注「蛸」音消[9][頁 172]，音同《王三・宵韻》相焦反[36]

〔頁456〕。無遥反蓋本是「蛸」字讀。「蛸」另見於「螵蛸」一詞。「螵」《王三·宵韻》撫遥反〔36〕〔頁456〕，「螵蛸」疊韻聯綿詞，中古擬音作*p^hiew.siew，「蛸」受「螵」唇音聲母和*-w韻尾的同化，語流音變中聲母作*m-，遂音無遥反。

《切三·宵韻》:「蜱，虫名，無遥反。」〔36〕〔頁84〕大徐音「匹標切」〔31〕〔頁284〕，《龍龕手鏡·虫部》:「蜱，符支反，蛸蟷也，又弥遥反，亦虫名。」〔20〕〔頁220〕《五音集韻·宵韻》:「蜱，彌遥切。」〔15〕〔頁54〕「蜱」字誤讀非《王三》始出，異讀的形成賴文獻遞載。

馲：馲駞，出北道，有肉鞌，日行三百里，負十〔註29〕斤，知水脉，駞字度何反。（鐸韻，盧各反，524）

駝：駝駝。（鐸韻，他各反，524）

按:「馲」、「駝」皆今之「駱」字。「馲駞」、「駝駝」即「駱駝」。

駱駝原非中原物產，引自北方和西北方的沙漠地區。胡人語音，借入漢語之初主要是據音記名，模仿匈奴語的dada〔註30〕，也兼顧到語義的問題，寫作「橐它」、「橐他」、「橐佗」、「橐駝」等，第一個音節用實義語素「橐」字，《說文·束部》:「橐，囊也。」〔31〕〔頁128〕《漢書·司馬相如傳》「騊駼橐駝」顏師古注:「橐駝者，言其可負橐，囊而駝物，故以名云。」〔13〕〔頁2556~2557〕第二個音節字無定形。

「橐」，上古**t^h-聲母〔註31〕，中古透母，亦*t^h-。《後漢書·竇融傳》:「獲生口馬、牛、羊、橐駝百餘萬頭。」李賢注:「橐音託。」〔14〕〔頁298〕

《方言》卷七第三〇條:「凡以驢、馬、馲駝載物者謂之負他。」郭璞注:「音大。」〔10〕〔頁50〕《漢書·西域傳》:「民隨畜牧逐水草，有驢馬，多橐它。」顏師古曰:「它……音徒何反。」〔13〕〔頁3876〕是畜名第二個音節聲母爲**d-。

《史記·匈奴列傳》:「其畜之所多則馬、牛、羊，其奇畜則橐駞、驢贏、駃騠、騊駼、驒騱。」司馬貞索隱引:「包愷音託。」〔29〕〔頁2879~2880〕「駱駝」的早期漢音當作**t^hada。

〔註29〕龍宇純校云:「十當作千。」見龍宇純《唐寫全本王仁昫刊謬補缺切韻校箋》，香港中文大學，1968年，校箋部分第713頁。

〔註30〕史有爲《外來詞：異文化的使者》，上海辭書出版社，2004年，第111頁。

〔註31〕鄭張尚芳《上古音系》，上海教育出版社，2003年，第462頁。

潘悟雲指出：東亞各民族的語言心理把雙音節語素的第二個音節看得更加重要，語義向第二個音節傾斜，使之成爲詞根，第一個音節的語義虛化成爲詞頭，這個詞頭有時候還有點語義的遺留，有時候還虛化得很徹底，成了湊足雙音節的一個語音成分〔註 32〕。「駱駝」就是這樣的類型。

由於語義向第二個音節傾斜，使畜名的第一個音節「橐」逐漸失去表義功能，遂寫成「馲」這樣偏重記音的漢字〔註 33〕，同時發生的還有語音的虛化，主要表現爲聲母的弱化，$**t^h\text{-}>*l\text{-}$，輔音強度減小。這兩種先後時期的讀音均被韻書記錄了下來，就構成了《王三・鐸韻》來母和透母的異讀。兩種讀音分居於不同的語音層次，不是一個時間平面上的東西。

五、因別義而生異讀

迎：語京反。（庚韻，語京反，463）

迎：魚更〔註 34〕反，迓。（敬韻，魚更反，506）

按：「迎」字音注家多有析別。

《釋文》注「迎」字 31 次，魚敬反 25 次，魚命反 1 次，漁敬反 1 次，宜敬反 1 次，逆敬反 1 次，魚正反 1 次，魚敬反又魚荊反 1 次。除魚正反切勁韻、魚荊反切庚韻外，餘皆疑母敬韻〔註 35〕，即「迎」字有平去二調，陸氏尤辨去聲之讀。

《切三・庚韻》、《王二・庚韻》：「迎，語京反。」〔36〕〔頁 87，頁 552〕同《王三》不出訓釋，《王一・敬韻》：「迎，魚敬反，迓。」〔36〕〔頁334〕同《王三》有訓釋，又《王二・更韻〔註 36〕》、《唐韻・敬韻》並無「迎」字〔36〕〔頁 598，頁 675〕。合觀幾處，頗隱深意，如大徐音「語京切」〔31〕〔頁40〕，是以平聲之讀爲正切，爲習見義之音。

〔註 32〕 潘悟雲《漢語歷史音韻學》，上海教育出版社，2000 年，第 117～118 頁。

〔註 33〕 「駝」是「馲」因受「駝」的偏旁類化而成的構件繁化字。「馲」、「駝」都是新造字。

〔註 34〕 龍宇純校云：「更字王一作敬，廣韻同，迎敬同三等，更屬二等，此或由誤寫。」見龍宇純《唐寫全本王仁昫刊謬補缺切韻校箋》，香港中文大學，1968 年，校箋部分第 553 頁。其實不必依《王一》。《王三》敬，居孟反，孟亦二等，然不妨敬屬三等。又，生所京、所更二反，不妨其同等，正同迎之下字，平去之相應。

〔註 35〕 即《廣韻》映韻，此依《王三》韻目。

〔註 36〕 即《廣韻》映韻，此照錄《王二》韻目。

「迎」，平常之意爲「迎接」，上古與「逆」同。段玉裁有言：「逆迎雙聲，二字通用。」〔32〕〔頁71〕。「迎」、「逆」初爲方言之別，《方言》卷一第二九條：「逢，逆，迎也。自關而東曰逆，自關而西或曰迎，或曰逢。」〔10〕〔頁8〕「迎」《廣韻・庚韻》語京切〔33〕〔頁167〕，上古疑母陽部，「逆」《廣韻・陌韻》宜戟切〔33〕〔頁491〕，上古疑母鐸部，二字上古雙聲且陽入對轉，故《群經音辨》卷六「辨字音清濁」類「迎」、「逆」互訓：「迎，逆也，魚京切，謂逆曰迎。」〔23〕〔頁141〕

《群經音辨》同條又言：「魚映切，昏禮有壻親迎。」〔23〕〔頁141〕魚映切音義合《釋文》22次對「親迎」的注音，爲去聲。「親迎」即「迎親」，男家到女家迎接新娘。婚喪嫁娶事非尋常，尙禮之俗視此爲需特殊指明之狀，故以去聲特指，亦含有敬指意味。

「迎」特地派生出去聲讀來實現這種表敬指的特指構詞。

> 謚：靜，亦作諿。（盇韻，胡臘反，521）
>
> 譆：多言。（盇韻，古盇反，521）
>
> 嗑：多言，又呼〔註37〕臘反。（盇韻，古盇反，521）

按：「盖」旁爲「盇」旁俗寫，「謚」即「譆」。「言」、「口」常義近換旁，「譆」即「嗑」。「謚」、「譆」、「嗑」同字。《王三・盇韻》古盇反「譆」、「嗑」可合。《唐韻・盇韻》胡臘、古盇反二收「譆」字，不另作「謚」、「嗑」形〔36〕〔頁716，頁717〕，是。

《原本玉篇殘卷・言部》：「謚，胡臈反，《尓雅》譆靜也。」〔42〕〔頁34〕《唐韻・盇韻》胡臘反：「譆，靜，出《迩疋》。」〔36〕〔頁716〕

《說文・口部》：「嗑，多言也，从口盇聲，讀若甲。」〔31〕〔頁33〕《原本玉篇殘卷・言部》：「諿，胡臈反，字書或嗑字也，嗑，多言也，在口部。」〔42〕〔頁38〕《切三・盇韻》、《王二・盇韻》、《唐韻・盇韻》古盇反：「譆，多言。」〔36〕〔頁105，頁619，頁717〕

「多言」與「靜」相反爲訓，古盇、胡臘二反聲母見匣有別。中古喉音聲母有些來自上古小舌音，中古見匣母異讀就是這種現象的反映〔註38〕。

〔註37〕龍宇純校云：「疑此呼是乎字之誤。」見龍宇純《唐寫全本王仁昫刊謬補缺切韻校箋》，香港中文大學，1968年，校箋部分第691頁。按，《王三・盇韻》無曉母。

〔註38〕潘悟雲《喉音考》，《民族語文》，1997年第5期，第10～24頁。

第五章 《王三》地名異讀研究

第一節 《王三》地名異讀概說

本題對地名用字的界定主要根據小注，凡注爲「地名」、「邑名」、「郡名」、「縣名」、「鄉名」、「亭名」、「里名」、「聚名」、「山名」、「陵名」、「谷名」、「水名」之類，都在本題的研究範圍之內。寫卷手抄的隨意性比較大，體例不能貫徹始終，時有以上諸稱不綴「名」者，或更有其他靈活的出注方式，本題臨文據義判斷。

《王三》收錄了不少地名用字。如：

崞，縣名，在鴈門。（鐸韻，古博反，525）

按常理論，一時一地的名稱在語音上應該是固定的、唯一的，不然在指稱功能上會出現混亂，字書、韻書中的地名音注應該有相應的表現。但是《王三》的音注情況和我們最初的設想有些出入。除了像「崞」這樣一地一字一音的情況外，還有大量的地名用字有異讀。

（1）浙：江別名，會稽。（祭韻，職例反，496）

浙：江名，源在東陽。（薛韻，旨熱反，517）

（2）濼：水名，在濟南，又力各反。（屋韻，盧谷反，509）

濼：水名。（鐸韻，盧各反，524）

（3）鄞：縣名，在會稽，又牛斤反。（眞韻，語巾反，449）

鄞：縣名，在會稽，又語巾反。（殷韻，語斤反，450）

（4）酃，地名，在湘東，又力鼎反。（青韻，郎丁反，465）

第（1）類，一字出於兩處，不互注又音。第（2）類，一字出於兩處，一處注又音關聯另一處，一處不注。第（3）類，一字出於兩處，兩兩又音互見。第（4）類，一字只出於一處，注又音表示是名有另讀。個別地名有三個讀音，也可以用以上四種注音方式來分析。《王三》沒有一地三音以上的情況。

前三類異讀可以兩處或三處互相參校、佐證，異讀的形成原因、來源、指稱對象等相較容易確定。因此，本題試圖通過對前三類進行研究，考察《王三》地名異讀的具體情況。

第二節 《王三》異讀地名的分類

一、《王三》異讀地名的屬性分類

這一分類完全根據韻書小注。一字見於兩處，若釋義一處明確，一處籠統，則按明確的歸類，如「蕛」一訓「地名」，一訓「鄉」，歸入「鄉名」類；如兩處都訓解明確，則該字分收於兩類，字右下腳標注數字，如「邮」分訓「亭名」、「鄉名」，則兼入「亭名」類和「鄉名」類，之所以認定這種情況仍屬異讀地名，一是兩處字形完全一致，二是有語音和語義上的聯繫。

《王三》共有成對的地名異讀 57 組，11 類：

（1）地名：邮鄾隝

（2）邑名：邧郇邴鄟

（3）縣名：圁蘄腄綫邵郫郻鄃鄺陵鄞鄳鄪鬲黽

（4）鄉名：鄂邮 1郝郝菴1阿蕛

（5）亭名：邮 2郙鄏陑

（6）里名：郊

（7）聚名：菴2

（8）山名：岐峋峭嶁嶷

（9）陵名：隃

（10）谷名：汒

（11）水名：汶洱洸涂涍浙浽湞漷滋潙濼灖濦瀼睢鄬

前七類屬行政區劃的行政地名，後四類是純粹的山川地理名詞。第（1）類「地名」概念含混，「邱」、「鄹」、「隖」屬字書字，無法考得詳細歸置，暫依注歸作「地名」類。第（2）類「邑」概念可大可小，不同時地可有很大差別〔註1〕，「祁」、「郇」、「邴」、「陶」、「鄟」屬字書字一類，無法在內部做出更細緻的劃分，暫籠統地歸在「邑名」下。

二、《王三》異讀地名的地理分佈

《王三》這57個地名，產生、稱用的時期不同，同一地名時間不同，上屬的行政區劃會有變動，或者同一地名，不同的歷史時期轄域也可能不一致。因此，這裡討論的地理分佈不參照歷史上的任何時期，而是按現今的行政區劃，只分到省〔註2〕，不再作下位劃分。河流流經幾個省份的，該字收於發源地省份，右下腳注明流經省。省份按所收地名數由多到少排序，地名數相同則按地理位置從北到南排序〔註3〕。若某一地名用字出現於兩個省份，則兩省兼收，並於該字右下腳標注數字。

河南：𨙸䣜鄳黽蕛郙崤涍灖濦睢

山東：邴鄟腄郇鬲汶$_1$洸漷濼

陝西：祁圁郝邮鄘陾岐隃汒

四川：郇郫汶$_2$涂$_1$鄬

湖南：郝岣嵝嶷潙

山西：鄥䵣陶瀼又河北、天津

湖北：蘄邵鄭郯

河北：緣滋

浙江：鄞浙

〔註1〕參李格非主編《漢語大字典》（簡編本），四川辭書出版社，湖北辭書出版社，1996年，第1695頁。

〔註2〕越南北部部分地區原屬中國，漢朝爲交趾郡，見《漢書・地理志》。越南今不屬中國。

〔註3〕四川和河南的地名數都是5個，考慮到雲南之「洱」出罷谷山，原屬益州轄區，益州治所在今成都，故將四川置前。

安徽：涂 2 又江蘇

雲南：洱

廣東：湞

越南：隩

未明：郚酆隝鄭地，見《春秋三傳・襄公七年》淁在北地，見《王二・葉韻》七接反

「汶」、「涂」一名二實。

從以上統計看，共 13 個區域，《王三》關注較多的是河南、山東、陝西，大致相當於隋唐及前代的中原文化輻射圈。四川、湖南、山西、湖北是次一級區域，浙江、安徽、雲南、廣東等再次一級。後兩個層級與我國的移民史有比較好的吻合。

《王三》成書（706）前，或說唐安史之亂（755～762）前，我國歷史上第一次、也是唯一一次大規模的內地移民運動發生於西晉末年到南北朝時期，永嘉喪亂（311）引起的大量北方流民從秦雍（晉、陝、甘）沿漢水流域南下長江達到洞庭湖流域，從司豫（冀、豫）沿汝水南行，越江到鄱陽湖流域，或沿江下到皖南、蘇南；從青徐（魯、蘇、皖）渡淮水越長江到太湖流域〔註 4〕。移民的遷入地集中在北緯 30 度附近，即今天的鄂北、湘北、贛北、皖南、蘇南、浙江。移民的集中一方面擴大了中原文化的影響圈，一方面也促進了遷居地文化與中原文化的交流，遷居地的名物在字書、韻書裏佔有相應的比例是順理成章的事〔註 5〕。移民大量涌入江西、福建、廣東要到唐安史之亂後和兩宋之際，相應地，這幾個地區的地名異讀在《王三》中反映很少。

文化輻射和行政統治的範圍與《王三》異讀地名的分佈相一致，說明這些地名異讀的存在是自然分佈狀態，如果這些異讀是韻書從前人音注摘來的，也應該不會有過於明顯的地域上的選擇。

總體而言，異讀地名數從北到南、從西北到東南，數量遞減，說明這些地名異讀不會是方言的差異。第一，北方方言區的面貌歷來比南方統一，如果假設這些異讀是來自於不同方言的不同讀音，那麼就很難解釋爲什麼中原地區的異讀地名遠多於南方，因爲很難想像中原地區會大量吸收南方地區對中原地名

〔註 4〕周振鶴、游汝傑《方言與中國文化》，上海人民出版社（第 2 版），2006 年，第 39 頁。

〔註 5〕四川的見重得因於秦末開始對四川的開發。（見第 77 頁「汶」字條）

的讀音。第二，現代方言學的研究共識，南方方言區的語音層次普遍比北方方言區來得豐富，如果這些異讀是方言內部的差異的話，異讀字的數量遞減方向應該倒過來，而且也不會每個地名大都只是兩讀。另外，異讀的語音關係也支持方言非異讀大宗成因的認識（詳下文）。

這批地名異讀主要來源於書音的摘錄。中原文明起源較早，中原地名自然比南方地名更多地載之典籍，因讀經頌史的需要，經師勤於音注。音變殊途、形態分工、師承不同、唇吻相異，眾多原因，音讀歧出，多種讀音被記錄下來，就在韻書裏形成豐富的地名異讀。經考察，這些地名用字普遍存於《說文》、《春秋三傳》、《史記》、《漢書》、《後漢書》、《萬象名義》等典籍。另外，揚雄的《方言》也從側面提供了證據。包含了兩漢間大量方言材料的《方言》於今各大方言的前身都有記載，唯獨留下客贛語的空白，說明客贛語在東漢時期還沒有形成，也就是說古稱吳頭楚尾的今江西地區，是古吳語與古楚語的交匯處，在行政區域上遠離吳楚的核心地帶，在早期，中原對今江西地區的認知度可能是很低的，要到永嘉之亂後纔有較大的提升。《切韻》的編撰自然在永嘉之後，《王三》更是後之又後，如果《王三》異讀地名的收錄主要不是本於文獻，那就有點奇怪 57 個地名中未有一個涉及到今江西省。

這裡拿方言與文獻對舉，並不是暗示《王三》的地名異讀沒有眞實的語音依託，而是排除異讀大量產生於空間平面的可能。我們認爲這些地名異讀關係是在相當長的歷史時期中積累形成起來的，當然也可能有一些方言因素。

第三節 《王三》地名異讀的分析

一、《王三》地名異讀的語言學分類

異讀表面是語音關係，由於不同的成因，實質未必盡然。《王三》57 個地名異讀一類反映純粹的語音關係，另一類與其說是語音現象，不如說是文字現象。前一類 52 字留待後文詳細討論。

《王三》57 個異讀地名字中有「腄」、「鬲」、「嶷」、「汶」、「涂」五字異讀形成於文字方面的原因。「腄」有一讀誤認聲旁，訛音不成立。「鬲」字異讀是「鬲」、「隔」假借的結果。「嶷」有一讀原作「凝」，偏旁類化混作「嶷」遂增又音。「汶」、「涂」一名二實，字形巧合構成異讀關係。

腄〔註6〕：縣名，在東萊。（尤韻，羽求反，465）

腄：縣名。（寘韻，池累反，490）

按：《王一・寘韻》、《王二・寘韻》、《廣韻・寘韻》「縣名」下俱有「在東萊」字〔36〕〔頁311，頁585〕，〔33〕〔頁328〕，羽求、池累二反系一字之音。

《史記・秦始皇本紀》：「於是乃並勃海以東，過黃、腄。」〔29〕〔頁244〕古縣名，秦置，治所在今山東省福山縣西〔註7〕。

羽求反「腄」字龍宇純校曰：「史記秦始皇帝紀正義云：『腄，逐瑞反，或本作陲。』此音羽求反，豈誤陲爲郵歟？」〔註8〕

《廣韻・尤韻》羽求反亦收「腄，縣名，在東萊」〔33〕〔頁182〕。葛信益將之歸入「《廣韻》異讀字有誤認聲旁之訛音」類，云：「玉篇腄注云：『竹垂切，《說文》瘢腄也、又馳僞切、縣名。』《漢書》地理志腄，顏師古音直瑞反。《廣韻》平聲支韻腄、竹垂切，瘢胝。去聲寘韻腄、馳僞切，縣名，在東萊。均取垂聲爲音。此尤韻腄字讀羽求切，似又從郵省矣。蓋所謂後起之訛音者也。」〔註9〕

龍氏、葛氏是。池累反折合作上古音在歌部，羽求反在之部，歌之無諧聲關係。「腄」、「縣名」義實僅一讀，異讀關係不成立。

鬲：縣名，在平原，又古核反，亦作瓹、䰛字。（錫韻，閭激反，518）

鬲：縣名，在平原，又落激反。（麥韻，古核反，520）

按：又落激反即又音閭激反，此字又音兩兩互見。

《說文・鬲部》：「鼎屬，實五觳，斗二升曰觳，象腹交文三足。凡鬲之屬

〔註6〕底卷作「睡」。龍宇純校云：「睡字切三、王一、王二、廣韻並作腄，與漢志合，當從之。」見龍宇純《唐寫全本王仁昫刊謬補缺切韻校箋》，香港中文大學，1968年，校箋部分第237頁。茲徑改。字另見支韻竹垂反，訓「瘢眠也」。按，「瘢眠」形訛，《說文・肉部》：「腄，瘢胝也。」〔31〕〔頁88〕

〔註7〕李格非主編《漢語大字典》（簡編本），四川辭書出版社，湖北辭書出版社，1996年，第975頁。

〔註8〕龍宇純《唐寫全本王仁昫刊謬補缺切韻校箋》，香港中文大學，1968年，校箋部分第237頁。

〔註9〕葛信益《〈廣韻〉異讀字有誤認聲旁之訛音》，作於1947年。今見葛信益《廣韻叢考》，北京師範大學出版社，1993年，第10～13頁。

皆从鬲。」「鬴，鬲或从瓦。」「𤮿，漢令鬲，从瓦厤聲。」[31]〔頁62〕《萬象名義・鬲部》釋「鬲」:「釜屬，鬴，同上。」[47]〔頁162〕皆非縣名之鬲。

《漢書・地理志》「平原郡」下有「鬲」，顏師古注:「平當以爲鬲津。」[13]〔頁1579〕《漢書・溝洫志》:「古說九河之名，有徒駭、胡蘇、鬲津。」顏師古曰:「鬲津，言其陿小，可鬲以爲津而度也。鬲與隔同。」[13]〔頁1690~1691〕《爾雅・釋水》「鬲津」[9]〔頁106〕《釋文》注:「李云河水狹小可隔以爲津，故曰鬲津，孫、郭同云水多阨狹可鬲以爲津而橫渡。」[17]〔頁423〕「隔」通「鬲」，是縣以「隔」名，書作「鬲」字耳。此縣名，漢置，在今山東省德州市東南〔註10〕。

《漢書・衛姬傳》:「戠皮爲承禮君，鬲子爲尊德君。」顏師古曰:「鬲音歷。」[13]〔頁4008~4009〕《漢書・王莽傳》:「其以平原、安德、漯陰、鬲、重丘，凡戶萬，地方百里，爲定安公國。」顏師古曰:「鬲音與隔同。」[13]〔頁4100〕《漢書・云敞傳》:「莽長子宇，非莽鬲絕衛氏。」顏師古曰:「鬲讀與隔同。」[13]〔頁2927~2928〕

《經典釋文》注「鬲」11處，三音。一、來母錫韻:音歷4次（均首音），力的反2次（首音1次）；二、見母麥韻:音革5次（均首音），音隔1次（又音）；三、影母麥韻:於革反1次（又音），摘自沈氏[17]〔頁124，頁139，頁141，頁154，頁155，頁201，頁252，頁256，頁297，頁417，頁423〕。

《後漢書・吳漢傳》:「時鬲縣五姓共逐守長，據城而反。」李賢注:「鬲音革。」[14]〔頁251〕

《晉書音義》卷三三:「鬲，音革，縣名，在平原。」[16]〔頁3244〕

《萬象名義・鬲部》:「鬲，旅激反，釜屬。」[47]〔頁162〕

大徐音「郎激切」[31]〔頁62〕。

以上諸書音注都有明顯的音義區分，音來母錫韻音歷、旅激反、郎激切的爲「鼎器」，音見母麥韻音隔、音革的實是「隔」字音，義「鬲縣」、「隔絕」之類。

《王三・錫韻》以「縣名」義作注閭激反，此韻書之失。《王一・錫韻》閭激反:「鬲，縣名，在太原，又古□□〔註11〕。」[36]〔頁352〕同誤。《王二・覓韻〔註12〕》閭激反:「鬲，鼎屬，似釜大口，亦𩰫。」[36]〔頁615〕是。

〔註10〕 李格非主編《漢語大字典》（簡編本），四川辭書出版社，湖北辭書出版社，1996年，第2051頁。

〔註11〕 底卷殘泐，留兩小字空。

〔註12〕 即《廣韻》錫韻，此照錄《王二》韻目。

嶷：九嶷，山名。(之韻，語基反，441)

嶷：魚力反。(職韻，魚力反，526)

按：「嶷」、「嶷」同構異位。

《說文・山部》：「嶷，九嶷山，舜所葬，在零陵營道。」[31][頁190]《山海經・海內外經》：「南方蒼梧之丘，蒼梧之淵，其中有九嶷山。」[25][頁918]在今湖南省寧遠縣南[註13]。

職韻「嶷」本作「㠖」。《說文・口部》：「㠖，小兒有知也，从口疑聲，《詩》曰克岐克㠖。」大徐音「魚力切」[31][頁31]。段注：「《大雅》克岐克嶷。……按此由俗人不識㠖字，蒙上岐字改从山旁耳。」[32][頁55]段說是。

《詩經》後，「岐」、「㠖」常連用，表幼年聰慧義，《後漢書・馬援傳》：「客卿幼而岐嶷，年六歲能應接諸公，專對賓客。」[14][頁310]後又謂六七歲，《慧琳音義》卷十「歧嶷」條：「亦言六七歲也。」[41][頁369]字形皆經偏旁類化作「嶷」。

早期文士尚辨之職二韻之「嶷」。《原本玉篇殘卷・山部》：「嶷，魚其反，《楚辞》道幽跖兮九嶷，《說文》舜所塟，在靈陵，葬營道縣，岐嶷爲㠖字，在口部，音魚極反。」[42][頁429]魚其反即語基反，魚極反即魚力反。二音之「嶷」只是同形字。

後來，雖然也有不少典正的文獻記載，《漢書・武帝紀》：「望祀虞舜于九嶷。」顏師古曰：「嶷音疑。」[13][頁196]《萬象名義・山部》：「嶷，魚其反，疑也[註14]。」[47][頁216]大徐音「語其切」[31][頁190]，音疑、魚其反、語其切同語基反。《詩經・大雅・生民》：「克岐克嶷。」[27][頁880]《釋文》：「嶷，魚極反。」[17][頁93]《王二・職韻》：「嶷，魚抑反，歧嶷。」[36][頁617]但形旁的影響畢竟難以避免，逐漸職韻音亦被認爲與山義有關。《文選・(左思)吳都賦》：「爾其山澤則嵬嶷嶢屼。」李善曰：「嵬嶷，高大皃。……善曰嶷音魚力切。」[38][頁83]異讀關係正式建立。韻書也有反映，S.6013[註15]職韻：「嶷，出，魚抑反。」[36][頁229]「出」爲「山」字形誤。

[註13] 李格非主編《漢語大字典》(簡編本)，四川辭書出版社，湖北辭書出版社，1996年，第385頁。

[註14] 此「疑也」不可解，或爲「九嶷」之省訛，或本欲書「山也」，因音寫誤。

[註15] 屬「增訓加字本《切韻》」一類。周祖謨《唐五代韻書集存》，中華書局，1983年，第8頁。

上古之職部可對轉，中古之韻：職韻 = *-iə：*-rik，韻近也是「㠖」得以先偏旁類化，進而生成異讀的重要原因。

汶：水名，黏唾。（文韻，武分反，450）

汶：水名。（問韻，無運反，499）

按：汶水，今山東有二，有東汶水和禹貢汶水之分〔32〕〔頁539，頁540〕。《說文・水部》：「汶水，出琅邪朱虛東泰山，東入濰，从水文聲。」〔31〕〔頁227〕即東汶水。又同條「桑欽說汶水出泰山萊蕪西南，入泲。」〔31〕〔頁227〕即禹貢汶水。「汶」《萬象名義・水部》「莫運反」〔47〕〔頁187〕，大徐音「亡運切」〔31〕〔頁227〕。《漢書・溝洫志》：「泰山下引汶水。」顏師古曰：「汶音問。」〔13〕〔頁1684~1685〕《釋文》「汶」字14注，皆音問，如《詩經・齊風・載驅》：「汶水湯湯，行人彭彭。」〔27〕〔頁393〕《釋文》：「汶水，音問，水名。」〔17〕〔頁67〕正是《王三》無運反。

「汶」又見蜀地名。《尚書・禹貢》「岷、嶓既藝」「岷山之陽，至于衡山」「岷山導江，東別爲沱，又東至于澧」〔26〕〔頁172，頁185，頁195~196〕諸句，《史記・夏本紀》作「汶、嶓既蓺」「汶山之陽至于衡山」「汶山道江，東別爲沱，又東至于醴」〔29〕〔頁63，頁67，頁70〕，「岷」皆作「汶」。《廣雅・釋山》：「蜀山謂之㟩山。」王念孫疏證：「㟩……字或作岷，又作汶。」〔11〕〔頁301〕

「汶」字條段注云：「漢人㟩山㟩江字作汶山汶江，以古音同讀如文之故，謂之假借可也。」〔32〕〔頁539〕「汶」上古明母文部，「岷」上古明母眞部，中古分居文眞韻。《史記・張儀列傳》：「秦西有巴蜀，大船積粟，起於汶山。」張守節正義：「汶音泯。」〔29〕〔頁2290~2291〕《王三・眞韻》「泯」弥鄰反〔36〕〔頁449〕，「岷」〔註16〕武巾反〔36〕〔頁449〕，爲三A、三B，與文韻武分反之「汶」音亦近。段說是。「汶」作蜀地名沿用至今，今四川省汶川縣自北周始即因汶水（今岷江）流經而得名。

蜀地偏鄙，不爲世重，至《王一》、《王三》仍訓「蜀」作「西南夷」〔36〕〔頁341，頁511〕。《史記》、《漢書》、《後漢書》、《水經注》所記之「汶」多是齊魯汶水，少及蜀汶，蜀汶音讀亦只星見。《切三・文韻》訓「汶」尚僅作「黏唾」〔36〕〔頁80〕。

秦滅巴蜀後，巴蜀開發，至唐已是土腴穀羨，人富粟多。《王三》言及蜀19次、蜀漢1次、巴2次、益州3次、羌3次，不弱於魯15次、齊魯1次、東海6次、北海2次、青州3次、兗州1次、東夷1次，可管窺巴蜀的興起。

〔註16〕 底卷作「岻」。

唐代開發巴蜀，水利、交通成果最巨，《新唐書・地理志》載唐代於岷江流域共修建 11 處水利工程，耕地和灌溉面積的增加直接帶動了農業的發展，促進了手工業、商業、交通運輸業等的興盛，巴蜀成爲唐朝政府重要的經濟來源，巴蜀水利及地理名詞的聲名遠播是可以料想的。故《王三・文韻》「汶」字因時勢增收，必爲蜀汶，而非齊魯汶水之偏旁誤讀。

涂：水名，在堂邑，又直胡反，水名，在建寧。（魚韻，直魚反，443）

涂：水名，在益州，又直魚反。（模韻，度都反，445）

按：《說文・水部》：「涂水，出益州牧靡南山，西北入澠。」〔31〕〔頁225〕段注正「澠」作「繩」〔32〕〔頁 520〕。《漢書・地理志》「益州郡」下「收靡」：「南山臘谷，涂水所出，西北至越嶲入繩。」〔13〕〔頁 1601〕《水經注・若水》：「繩水又東，涂水注之，水出建寧郡之牧靡南山。」〔30〕〔頁 825〕《王三》建寧、益州之「涂」爲一水。即今雲南省之牛欄江〔註 17〕。

《漢書・地理志》「臨淮郡」有「堂邑」〔13〕〔頁 1590〕。《資治通鑑・魏紀七・嘉平三年》：「太尉王淩聞吳人塞涂水。」胡三省注：「即前所作堂邑、塗塘也。」〔49〕〔頁 2388〕《讀史方與紀要・江南一・涂水》：「涂水即滁河，滁音除。」〔8〕〔頁 151〕滁水，源出今安徽省東部，至江蘇省南京市六合縣注入長江〔註 18〕，今稱滁河。

《王三》二反實爲二水音注，直魚反爲淮東滁河，度都反爲雲南涂水。

雲南之「涂」，字本作此形，音本即模韻，《萬象名義・水部》「涂，達胡反，出水益州〔註 19〕。」〔47〕〔頁 185〕大徐音「同都切」〔31〕〔頁 225〕，度都、達胡、同都三切音同。

淮東之「滁」本作「涂」，《切二・魚韻》、《切三・魚韻》直魚反「涂」字訓同《王三・魚韻》〔36〕〔頁 157，頁 76〕，《切二・魚韻》、《切三・魚韻》、《王三・魚韻》均無「滁」字〔36〕〔頁 157，頁 76，頁 443〕，《說文・水部》新附：「滁，水名，从水

〔註 17〕 李格非主編《漢語大字典》（簡編本），四川辭書出版社，湖北辭書出版社，1996 年，第 761 頁。

〔註 18〕 李格非主編《漢語大字典》（簡編本），四川辭書出版社，湖北辭書出版社，1996 年，第 792 頁。

〔註 19〕 呂浩校云：「『出水益州』當作『水出益州』。」見呂浩《〈篆隸萬象名義〉校釋》，學林出版社，2006 年，第 301 頁。

除聲，直魚切。」〔31〕〔頁238〕亦證。

直魚反、度都反，上古皆定母魚部，元音長短不同，同諧上古魚部之「余」聲，無不妥，遂二「涂」同形異實。大徐添「滁」入新附，當是已意識到直魚切之「涂」聲旁與讀音扞格，故而改換聲旁。

二、《王三》地名異讀的語音分析

這部分討論不涉及「腄」、「鬲」、「嶷」、「汶」、「涂」五字，以餘下的 52 字爲研究對象。

（一）《王三》地名異讀的聲類分析

《王三》地名聲母有異讀的共 25 字，如表格 6 和表格 7：

表格 6 《王三》地名聲母異讀同發音部位表

<table>
<tr><td rowspan="2">脣 音</td><td rowspan="2">幫滂</td><td>郇</td><td>博毛反/匹交反</td></tr>
<tr><td>郙</td><td>方主反/撫扶反</td></tr>
<tr><td rowspan="3">舌 音</td><td>*定澄</td><td>鄏</td><td>度都反/宅加反</td></tr>
<tr><td>透泥</td><td>阽</td><td>他念反/乃簟反</td></tr>
<tr><td>徹澄</td><td>湞</td><td>丑〔註20〕庚反/直耕反</td></tr>
<tr><td rowspan="3">精莊組</td><td>精清</td><td>溇</td><td>紫莱反/七接反</td></tr>
<tr><td>*清初</td><td>瀙</td><td>七刃反/初遴反</td></tr>
<tr><td>*從崇</td><td>鄌</td><td>昨何反/鋤加反</td></tr>
<tr><td rowspan="2">章 組</td><td rowspan="2">章禪</td><td>邸</td><td>職刃反/植鄰反</td></tr>
<tr><td>鄟</td><td>職緣反/視兗反</td></tr>
<tr><td rowspan="10">牙喉音</td><td>見群</td><td>蘄</td><td>居希反/渠希反</td></tr>
<tr><td>見影</td><td>洸</td><td>古皇反/烏光反</td></tr>
<tr><td>見云</td><td>溈</td><td>君爲反/薳支反</td></tr>
<tr><td>溪曉</td><td>漷</td><td>苦郭反/虎伯反</td></tr>
<tr><td rowspan="2">群曉</td><td>邔</td><td>渠記反/墟里反</td></tr>
<tr><td>陶</td><td>其俱反/况羽反</td></tr>
<tr><td>疑曉</td><td>养</td><td>魚倚反/許羇反</td></tr>
<tr><td>曉云</td><td>隝</td><td>許爲反/爲委反</td></tr>
<tr><td>匣云</td><td>鄂</td><td>胡刀反/于驕反</td></tr>
</table>

〔註20〕 底卷作「許」。茲據龍宇純校改。見龍宇純《唐寫全本王仁昫刊謬補缺切韻校箋》，香港中文大學，1968年，校箋部分第224頁。

帶「*」號的三組不算聲母異讀。《切韻》時代，三十六聲母的「定」、「清」、「從」和「澄」、「初」、「崇」區別在於前者無介音，後者拼介音*-r-。

五個聲類中，牙喉音的異讀最多。

表格 7 《王三》地名聲母異讀異發音部位表

書 以	鄃	式朱反/羊朱反
定 以	邮	徒歷反/以周反
昌 曉	郝	昌石反/呵各反
澄 禪	鄐	直由反/植酉反
心 書	隃	相俞反/傷遇反
心 曉	睢	息遺反/許維反
定章禪	鄟	度官反/職緣反/視兗反

表格 6 反映的聲母異讀發音部位相同，大多數發音方法有區別：清濁之分，「蘄」見群；送氣不送氣有別，「郇」幫滂；非鼻音和鼻音不同，「陑」透泥；塞音和擦音相異，「邔」群曉；等。

表格 7 反映的聲母異讀發音部位不同，發音方法有的有區別：塞音和擦音不同，「邮」定以；塞擦音和擦音不盡同，「郝」昌曉；塞音和塞擦音不盡同，「鄐」澄禪。

表格 6、表格 7 的聲母異讀反映聲母的諧聲關係比較明顯。如表格 6 的舌音，「陑」透泥，泥母上古是清鼻音**n̥-[註21]，與透母有諧聲的情況；牙喉音一組，中古的群匣云曉來自上古的**g-、**g-/**ɢ-、**ɢ-、**q-[註22]，相互之間或者與見溪影的上古形式都很容易構成諧聲關係；還是牙喉音一組，「鄦」疑曉，這類互諧是上古有舌根清鼻音的線索[註23]。表格 7 的「邮」定以，這類著名的諧聲關係曾運乾名之以「喻四歸定」，後來被證明歸併關係要倒個個兒，中古的定母來自於上古的流音塞化**l->**d-。等等。

就聲母而言，這些地名異讀反映的大多不是歷史音變關係，而是上古時期語音就已走了不同的發展道路。如「邮」，徒歷反者其聲母由**l>*d，以周反者

[註21] 李方桂原書作**hn-或**hnr-。見李方桂《上古音研究》，商務印書館，1980 年，第 19 頁。

[註22] 潘悟雲《喉音考》，《民族語文》，1997 年第 5 期，第 10～24 頁。

[註23] 李方桂《上古音研究》，商務印書館，1980 年，第 20 頁。

其聲母由**l >*j，中古之別並非**j >*d 或**d >*j。

（二）《王三》地名異讀的韻類分析

《王三》地名韻母有異讀的共 24 字，如表格 8：

表格 8 《王三》地名韻母異讀表

有無**-r-	支A支B	岐	巨支反/渠羈反
	模1麻2	⿰屠阝	度都反/宅加反
	哥1麻2	⿰虘阝	昨何反/鋤加反
	眞B殷C	鄞	語巾反/語斤反
	豪1肴2	⿰包阝	博毛反/匹交反
		崤	胡刀反/胡茅反
	鐸1陌2	漷	苦郭反/虎伯反
長短元音	佳2支3	郫	薄佳反/符羈反
	灰1微3	⿱非毛	薄恢反/符非反
	模1魚3	鄔	烏古反/於據反
	侯1虞3	⿰阝婁	落侯反/力主反
		岣	古厚反/舉隅反
		嶁	盧斗反/力主反
	寒1仙3	鄟	度官反/職緣反/視兗反
		䜌	落官反/呂緣反
	豪1宵3	邘	胡刀反/于驕反
	唐1陽3	汒	莫郎反/武放反
	鐸1昔3	郝	呵各反/昌石反
陰入對轉	祭薛（**祭月）	浙	職例反/旨熱反
	尤錫（**幽覺）	邮	以周反/徒歷反
其　他	眞殷山	圁	語巾反/語斤反/五閑反
	眞仙	黽	武盡反/無兗反
	庚二耕	湞	丑[註24]庚反/直耕反
	屋鐸	濼	盧谷反/盧各反

〔註24〕底卷作「許」。茲據龍宇純校改。見龍宇純《唐寫全本王仁昫刊謬補缺切韻校箋》，香港中文大學，1968 年，校箋部分第 224 頁。龍校據《漢書》蘇林音，與《集韻》抽庚切，故校爲丑庚反。（《集韻》自有盧庚切，與許庚反一致）疑「許庚反」下之「湞」初或爲「竹庚反」，抄書人誤認爲「許庚反」（「竹」、「許」形近），故補於許庚反小韻之後。《廣韻》又陟盈切，《集韻》亦有知盈切，韻雖非庚，聲則知紐。

「有無**-r-」類中古表現爲重 A：重 B、重 B：純三（即 C 類）及一等：二等的區別。上古有中綴**-r-的，中古爲重 B 或二等韻。

「長短元音」類中古轉化爲非三等韻和三等韻的異讀。

「陰入對轉」類上古主元音相同、無韻尾和有塞音韻尾的音節互相交替。祭月對轉、幽覺對轉關係遺留到中古反映作祭薛韻異讀、尤錫韻異讀。

「其他」類是相對來說比較零散的異讀類型，有的上古時期就有差異，有的要等到東漢以後、魏晉時期纔形成。

整體上說，韻母異讀有歷史音變的反映，不過更多的異讀可以直接追溯到上古時期。

（三）《王三》地名異讀的調類分析

《王三》地名聲調有異讀的共 28 字，如表格 9：

表格 9 《王三》地名聲調異讀表

<table>
<tr><td rowspan="18">舒　舒</td><td rowspan="12">平上</td><td rowspan="2">支紙</td><td>萉</td><td>許羈反/魚倚反</td></tr>
<tr><td>隝</td><td>許為反/為委反</td></tr>
<tr><td>脂旨</td><td>灅</td><td>力追反/力軌反</td></tr>
<tr><td rowspan="2">虞麌</td><td>拘</td><td>其俱反/况羽反</td></tr>
<tr><td>郙</td><td>撫扶反/方主反</td></tr>
<tr><td>*虞厚</td><td>岣</td><td>舉隅反/古厚反</td></tr>
<tr><td>元阮</td><td>邧</td><td>愚袁反/虞遠反</td></tr>
<tr><td>*寒仙獮</td><td>鄟</td><td>度官反/職緣反/視兖反</td></tr>
<tr><td>庚梗</td><td>鄳</td><td>武庚反/莫杏反</td></tr>
<tr><td>清靜</td><td>郹</td><td>於盈反/於郢反</td></tr>
<tr><td>尤有</td><td>鄐</td><td>直由反/植酉反</td></tr>
<tr><td>*侯麌</td><td>陾</td><td>落侯反/力主反</td></tr>
<tr><td rowspan="6">平去</td><td>虞遇</td><td>隃</td><td>相俞反/傷遇反</td></tr>
<tr><td>真震</td><td>邸</td><td>植鄰反/職刃反</td></tr>
<tr><td>寒翰</td><td>郊</td><td>烏寒反/烏旦反</td></tr>
<tr><td>肴效</td><td>涍</td><td>許交反/呼教反</td></tr>
<tr><td>*唐漾</td><td>汒</td><td>莫郎反/武放反</td></tr>
<tr><td>侯候</td><td>滱</td><td>恪侯反/苦候反</td></tr>
</table>

		止志	洱	而止反/仍吏反
			邔	墟里反/渠記反
		*姥御	鄔	烏古反/於據反
	上去	賄隊	郲	落猥反/盧對反
		旱翰	酇	作管反/作幹反
		梗敬	邴	兵永反/彼病反
		忝㮇	阽	乃簟反/他念反
	平上去	殷隱焮	濦	於斤反/於謹反/於靳反
舒 入	平入	*尤錫	邮	以周反/徒歷反
	去入	*祭薛	浙	職例反/旨熱反

帶「*」號的表示中古不是一個韻系。

《王三》地名聲調異讀主要是舒聲韻和舒聲韻之間，且主要發生在同一韻系中。平上異讀 12 字，平去異讀 6 字，上去異讀 7 字，平上去三聲相承的 1 字，平入、去入異讀各 1 字。第二章我們曾窮盡性地統計《王三》異讀的聲調關係，二調異讀中平上、平去、上去的數字分別是 143、187、103（見表格 2）。地名異讀的樣本比較小，不過若與《王三》二調異讀全部數據進行比較，依舊可以明顯地看出地名異讀在平上之間表現得特別活躍。

如果以字次算，《王三》地名聲調的二調異讀涉及到平聲的有 18（=12+6）字次、上聲 19（=12+7）字次、去聲 13（=6+7）字次，對比《王三》聲調二調異讀的全部數據（見表格 2）：平聲 330（=143+187）字次、上聲 246（=143+103）字次、去聲 290（=187+103）字次，地名異讀似乎在聲調選擇上格外青睞上聲，而對去聲有些不感興趣。

《王三》記錄的地名異讀時間跨度很大，我們希望有一個參照系可以幫助觀察地名異讀在聲調上究竟有怎樣的來源或者發展過程。《萬象名義》可以提供這樣的幫助。第一，《萬象名義》本顧野王（519～581）《玉篇》，據呂浩統計，《萬象名義》近 2000 條注音中只有 184 條與顧野王《原本玉篇殘卷》不同，如除去雙方訛誤的情況，剩下的只有 123 條不同〔註 25〕，這就保證了參照系在時間上的理想性，反映的語音時代比較合適，既沒有太早，早到不能反映聲調異讀早期的面貌，又不至於太晚，晚到中古聲調格局完全形成。第二，《萬象名義》

〔註 25〕 呂浩《〈篆隸萬象名義〉研究》，上海古籍出版社，2006 年，第 91 頁。

的收字比較齊全，《王三》地名聲調異讀的 26 個舒聲韻字，除「𦏁」、「邔」外《萬象名義》都有收錄，像這樣能夠完整對應的隋唐以前的音注材料目前來看可以說是絕無僅有了。第三，《萬象名義》不太出現一字多音，它的編書目的不是廣摘音義，而是正音讀，作爲參照系，唯一性是很重要的。

表格 10　《王三》、《萬象名義》舒聲韻字地名聲調異讀情況比較表

字	平		上		去	
	王　三	萬象名義	王　三	萬象名義	王　三	萬象名義
𦏁	許羈反	/	魚倚反	/		
隓	許為反	虛為反	為委反			
灢	力追反	力追反	力軌反			
郇	其俱反		况羽反			弓注反
郙	撫扶反	芳珠反	方主反			
岣	舉隅反		古厚反	古後反		
邧	愚袁反		虞遠反	牛遠反		
鄟	度官反/職緣反	諸緣反	視兖反			
鄳	武庚反	亡庚反	莫杏反			
郹	於盈反		於郢反	一井反		
鄐	直由反	除留反	植酉反			
陋	落侯反		力主反			力候反
隃	相俞反				傷遇反	式注反
邸	植鄰反	時真反			職刃反	
郊	烏寒反				烏旦反	於幹反
涍	許交反				呼教反	呼効反
汒	莫郎反				武放反	亡向反
滱	恪侯反				苦候反	枯漏反
洱			而止反		仍吏反	如志反
邔			墟里反	/	渠記反	/
鄔			烏古反	於古反	於據反	
郲			落猥反		盧對反	力對反
酇			作管反	（子管反〔註 26〕）	作幹反	

〔註 26〕《萬象名義》但出「子管反」，訓「聚也」，無《王三》所言之「縣名」義，參第 113 頁「酇」字條。

字	平		上		去	
	王 三	萬象名義	王 三	萬象名義	王 三	萬象名義
邴			兵永反	邦景反	彼病反	
阽			乃簟反		他念反	他坫反
隱	於斤反		於謹反	於謹反	於靳反	

表格10顯示：《王三》平上異讀的共12字，可資比較的11字中，《萬象名義》音平聲的爲6字，上聲3字，去聲2字；《王三》平去異讀的6字中，《萬象名義》音平聲的1字，去聲5字；《王三》上去異讀的共7字，可資比較的6字中，《萬象名義》音上聲的2字〔註27〕，去聲3字。可見，《萬象名義》不太傾向於拿上聲來讀地名，而傾向於平去聲，尤其是去聲。甚至有些地名《王三》沒有去聲的讀法，《萬象名義》卻作去聲讀，如「郇」、「隩」。這與上文單純分析《王三》作出的總結「地名異讀似乎在聲調選擇上格外青睞上聲，而對去聲有些不感興趣」正好相反。我們認爲《萬象名義》和《王三》並不矛盾，兩者反映的是兩個不同的聲調發展時期。

中古四聲分別來源於上古的無輔音韻尾、**-ʔ尾、**-s 尾、塞音尾。上古後期已有變調構詞〔註28〕。無輔音韻尾是無標記的，**-s 尾的構詞功能之一就是標示名詞。地名作爲特殊的一類名詞，很容易發展成帶**-s 尾，《萬象名義》反映的就是這一階段的現象。

六朝或更早一些時期，音節韻尾逐漸由音位特徵轉變爲音值特徵，調值逐漸由伴隨性特徵上升爲區別性特徵，四聲產生。梅祖麟論證，中古上聲是一個高調〔註29〕。高調在語用上往往有提示、強調的效果。地名用字的指稱功能很強，上聲正好可以滿足這種需求。所以四聲產生以後，地名用字漸漸趨向於用上聲來稱讀。《王三》與《萬象名義》的不同表現反映的正是這一轉變。

〔註27〕 若加上「酇」，則爲3字，然「酇」字子管反《萬象名義》訓「聚也」，非「縣名」義之音。

〔註28〕 孫玉文《漢語變調構詞研究》（增訂本），商務印書館，2007年，第406～412頁。

〔註29〕 梅祖麟《說上聲》，《清華學報》新十四卷一、二期合刊，1982年。又見梅祖麟《梅祖麟語言學論文集》，商務印書館，2000年，第340～351頁。

三、《王三》地名異讀中的聲旁類推

具體地名的使用有很強的地域性和時間性。許多地名用字造字有類型化的特徵，多用形聲結構，義符取「邑」、「山」、「阜」、「水」之類。如果面生不會讀，聲符的讀音很容易被拿來作整個字的讀音，所謂讀半邊字。在遠離造字時代的中古，在字樣學盛興的唐代，地名用字的這種構造方式被逐漸強化，因聲旁類推而產生的地名異讀在韻書裏就逐漸多起來。

濦：水名，在潁川。（殷韻，於斤反，450）

濦：水名，出汝南。（隱韻，於謹反，478）

濦：水名，在汝南。（焮韻，於靳〔註30〕反，499）

按：「濦」、「濦」同字。《集韻・殷韻》、《集韻・隱韻》、《集韻・焮韻》均並出〔34〕〔頁38，頁104，頁155〕。《說文・水部》：「濦水，出潁川陽城少室山，東入潁。」〔31〕〔頁227〕《漢書・地理志》次第出「潁川郡」、「汝南郡」，「汝南郡」下轄「濦強」〔13〕〔頁1561〕。潁川、汝南鄰郡，水經二郡，《王三》三處爲一水。即今河南省登封縣潁水三源中的中源，潁水東至臨潁縣西又別出爲大濦水、小濦水〔註31〕。

《漢書・地理志》「濦強」顏師古注：「濦音於謹反，又音殷。」〔13〕〔頁1562〕《漢書・地理志》：「南有陳留及汝南之召陵、濦彊、新汲、西華、長平。」顏師古曰：「濦音於靳反，又音殷。」〔13〕〔頁1646～1647〕

《後漢書・堅鐔傳》：「世祖即位，拜鐔揚化將軍，封濦強侯。」李賢注：「濦音於靳反。」〔14〕〔頁287〕

《晉書音義》卷二：「濦橋……音殷，又音隱。」〔16〕〔頁3222〕

《萬象名義・水部》：「濦，於謹反。」〔47〕〔頁189〕

大徐音「於謹切」〔31〕〔頁227〕。

現將《王三》與五家音注「濦」字音的情況根據注家時代〔註32〕或成書年代順序開列如下：

〔註30〕「濦」爲「傿」紐字，底卷「於靳」二字誤倒，「於」旁施一乙字符「√」，茲徑乙。

〔註31〕李格非主編《漢語大字典》（簡編本），四川辭書出版社，湖北辭書出版社，1996年，第835頁。

〔註32〕《萬象名義》的成書時間不可考，此表所列爲空海的生卒年份。

表格 11 「㶏」字《王三》及五家音注

		平	上	去
		影殷	影隱	影焮
顏師古	641	又音殷	於謹反	
		又音殷		於靳反
李賢	675～680			於靳反
《王三》	706	於斤反	於謹反	於靳反
何超	？～747	音殷	又音隱	
空海	774～835		於謹反	
徐鉉	986		於謹切	

「㶏」字三音平上去相承。就顏注看，似乎三音並行，取捨並無畸輕畸重。統觀五家，上聲讀的認同率似乎又是最高的。

參考早期韻書，三音的平面關係大致可以追溯出一點動態發展的狀況來。平去聲應該是比上聲早的音讀，早期韻書已收，如《切三・殷韻》殘泐，於斤反見「水名，在穎川」，爲「㶏」字注〔36〕〔頁80〕，S.5980號〔註33〕焮韻於靳反：「㶏，水名，在汝南。」〔36〕〔頁218〕S.6176號〔註34〕正焮韻於靳反：「㶏，水名，在汝南，又於勤反。」〔36〕〔頁182〕請特別注意S.6176號，去聲讀只注了平聲讀的又音。而《切三・隱韻》於謹反未收「㶏」、「濦」〔36〕〔頁94〕。

上聲讀在韻書中收錄得大致晚一些，《王一・隱韻》於謹反：「㶏，水名，出汝南。」〔36〕〔頁295〕不過從又音的出注上可以看出上聲讀的流行趨勢，《王一・焮韻》於靳反：「濦，水名，在汝南，又於謹反。」〔36〕〔頁324〕這可以比較S.6176號正焮韻於靳反注又音的情況。

從以上比較可以看出，去聲讀是中唐以前最穩定的讀音，上聲讀至遲在初唐已通行於世，而且越來越被視作正音。異讀地位的轉變應該跟聲旁類推有著密切關聯，音符「隱」的作用潛移默化，平去聲讀逐漸淡出，上聲讀日趨流行。

〔註33〕 屬「增訓加字本《切韻》」一類。周祖謨《唐五代韻書集存》，中華書局，1983年，第8頁。

〔註34〕 屬「箋注本《切韻》」一類。周祖謨《唐五代韻書集存》，中華書局，1983年，第7～8頁。

邔：縣，在南郡，又渠〔註35〕記反。（止韻，墟里反，474）

邔：縣名，在襄陽。（志韻，渠記反，492）

按：《說文・邑部》：「邔，南陽縣。」〔31〕〔頁134〕段注正「陽」爲「郡」〔32〕〔頁293〕。《漢書・地理志》「南郡」下有「襄陽」〔13〕〔頁1566〕。邔，秦置，屬南郡，漢爲侯國，治所在今湖北省宜城縣東北〔註36〕。

《後漢書・沖帝紀》：「大司農南郡黃尚爲司徒光祿勳。」李賢注：「黃尚，字伯，河南郡邔人也，……邔音求紀反。」〔14〕〔頁114〕《後漢書・泗水王歙傳》：「封長子柱爲邔侯。」李賢注：「邔縣，屬南郡，故城在今襄州，邔音其紀反。」〔14〕〔頁208〕

《漢書・地理志》「邔」孟康曰：「音忌。」顏師古曰：「音其已反。」〔13〕〔頁1567〕

《晉書音義》卷一五：「邔，音起，又渠記反。」〔16〕〔頁3231〕

大徐音「居擬切」〔31〕〔頁135〕。

現將《王三》與五家音注「邔」字音的情況根據注家時代〔註37〕或成書年代順序開列如下：

表格12 「邔」字《王三》及五家音注

		去	上		
		群志	群止	溪止	見止
孟康	三國魏	音忌			
顏師古	641		其已反		
李賢	675～680		求紀反、其紀反		
《王三》	706	渠記反	/	墟里反	
何超	？～747	渠記反		音起	
徐鉉	986				居擬切

〔註35〕底卷「渠」上原有「梁」字。龍宇純校云：「梁字涉渠字誤衍，當依王一、王二、廣韻刪。」見龍宇純《唐寫全本王仁昫刊謬補缺切韻校箋》，香港中文大學，1968年，校箋部分第300頁。茲徑刪。

〔註36〕李格非主編《漢語大字典》（簡編本），四川辭書出版社，湖北辭書出版社，1996年，第1696頁。

〔註37〕孟康生卒年份與《漢書音》的成書時間均不可考，此表所列爲孟康的在世朝代。

「邔」去聲讀當是比較早的音。上聲後起，至遲在初唐，已成爲時音。群止讀後起，《切三・止韻》、《王一・止韻》、《王三・止韻》都沒有這個音節〔36〕〔頁92，頁288～289，頁473～474〕。不過群止讀初唐已被視作典正，與前代去聲讀上去相承，這大概是聲旁類推的結果。聲旁類推可能進而還使「邔」因「起」、「杞」等常用字而衍生溪母的讀法，這種讀法或許早已有之，何超將直音列作首音，「音起」可能抄自早期某家音注，但是這一讀音一直沒有被充分肯定，《切三・止韻》墟里反無「邔」〔36〕〔頁92〕，《王一・止韻》、《王三・止韻》墟里反「邔」爲紐末字〔36〕〔頁289，頁474〕，是爲增收。大徐音「居擬切」，則是群止濁音清化後的形式。

溪止一讀聲旁類推的語音共時起點可能是群止，也可能是群志，因此，「邔」字四音的轉承關係可概括爲以下兩種途徑。

途徑一	群志	>> 聲旁類推 >>	群止	>> 濁音清化 >>	見止
				>> 聲旁類推 >>	溪止
途徑二	群志	>> 聲旁類推 >>	群止	>> 濁音清化 >>	見止
			溪止		

附錄：《王三》地名異讀考釋

《王三》共有成對的地名異讀 57 字組。下面是正文中沒有提到的 50 字組。〔註 1〕除「嶁」附於「峋」後，其他字組列序均據字頭在《王三》中的首見順序先後，依次作：溈隝岐羛郫瀴睢酄蘄阿隃鄃郙峋嶁郿邸鄞圁邧䜌鄟郊鄂峭浡郇郿鄧洸汒郿湞酈邮鄱陵㴖洱鄔邦鼂邴阱浙潉濼郝滁浚。

溈：水名，出新陽，又君偽反。（支韻，薳支反，438）

溈：水，出新陽。（支韻，居為反，438）

按：《水經注・湘水》：「溈水出益陽縣馬頭山，東逕新陽縣南。」〔30〕〔頁 896〕在湖南省寧鄉縣西，東北流注入湘江〔註 2〕。

薳支反「溈」下「又君偽反」龍宇純校云：「溈字不見寘韻，下文君為反下有溈字，偽當是爲字之誤。」〔註 3〕薳支反、居為反指一水。

〔註 1〕正文已涉及的七字組爲：腄鬲嶷汶涂（見第五章第三節之一，《王三》地名異讀的語言學分類），滮邵（見第五章第三節之三，《王三》地名異讀中的聲旁類推）。

〔註 2〕李格非主編《漢語大字典》（簡編本），四川辭書出版社，湖北辭書出版社，1996 年，第 790 頁。

〔註 3〕龍宇純《唐寫全本王仁昫刊謬補缺切韻校箋》，香港中文大學，1968 年，校箋部分第 22 頁。

《萬象名義・水部》:「潙，胡嬀反。」〔47〕〔頁196〕《萬象名義》承《玉篇》，匣云不分，故胡嬀反同《王三》薳支反，與《王三》居為反構成云見母的異讀。三切韻都是支B。《切韻》系書、隋唐及以前音義他籍無考。

隝：鄭地，又爲詭反。（支韻，許為反，438）

隝：鄭地，又丘〔註4〕爲反。（紙韻，為委反，472）

鄬：地名。（紙韻，為委反，472）

按:《說文・𨸏部》:「隝，鄭地阪，从𨸏爲聲，《春秋傳》曰將會鄭伯于隝。」〔31〕〔頁306〕段注云:「隝今經傳皆作鄬。」〔32〕〔頁735〕《切三・紙韻》為委反:「鄬，地名。」無「隝」〔36〕〔頁89〕。《王三・紙韻》同構異位字重出。

「十有二月，公會晉侯、宋公、陳侯、衞侯、曹伯、莒子、邾子于鄬。」〔5〕〔頁518〕,〔4〕〔頁147～148〕《左傳・襄公七年・釋文》:「鄬，于軌反，《字林》几吹反。」〔17〕〔頁256〕《穀梁傳・襄公七年・釋文》:「于鄬，本又作隝，于詭反。」〔17〕〔頁336〕《釋文》音系支脂之不分〔註5〕，于軌云旨B、于詭云紙B無別。几吹反見支A爲《字林》音，呂忱音系有些不同，暫不論。《萬象名義・邑部》:「鄬，為彼反，地也。」〔47〕〔頁14〕與《釋文》于軌、于詭反及《王三・紙韻》爲委反同云紙B。

《萬象名義・𨸏部》:「隝，虛為反。」〔47〕〔頁226〕大徐音「許爲切」〔31〕〔頁306〕，與《王三・支韻》許爲反同曉支B。

《漢書・五行志》:「鄭伯弒死。」顏師古曰:「鄭僖公也，襄七年會于鄬，其大夫子駟使賊夜殺之，而以虐疾赴。鄬音蔿。」〔13〕〔頁1489～1490〕音蔿云紙B與《王三・支韻》許爲反曉支B聲母有云曉之別。上古云母爲**G-，曉母爲**q^h-〔註6〕，《王三》音切與顏注有兩項交替：清濁、送氣不送氣。

諸家音注不出《王三》曉支B、云紙B二音。從聲母關係看，二音是平行的；平上聲的區別應該是後期變化結果。就使用頻度看，云紙B，即《王三・紙韻》爲委反大抵更流行。《切二・支韻》許爲反曉支B未收「隝/鄬」〔36〕〔頁152〕，很可能就是這個原因。

〔註4〕龍宇純校以爲「丘」字誤，當作「虛」。見龍宇純《唐寫全本王仁昫刊謬補缺切韻校箋》，香港中文大學，1968年，校箋部分第286頁。

〔註5〕見邵榮芬《〈經典釋文〉音系》，學海出版社，1995年，第253頁。

〔註6〕潘悟雲《喉音考》，《民族語文》，1997年第5期，第10～24頁。

岐：山名，又巨支反，亦作𡶒。（支韻，渠羈反，439）

岐：山名，又渠羈反。（支韻，巨支反，439）

按：此字又音兩兩互見。

《說文・邑部》：「郊，周文王所封，在右扶風美陽中水鄉，从邑支聲，岐，郊或从山支聲，因岐山以名之也，古文郊从枝从山。」〔31〕〔頁132〕《後漢書・郡國志》「右扶風」下：「美陽有岐山。」〔14〕〔頁3406〕岐山在今陝西省岐山縣東北〔註7〕。

《顏氏家訓・音辭》：「岐山當音爲奇，江南皆呼爲神祈之祈。」〔註8〕音「奇」同「渠羈反」，群支B，音「祈」同「巨支反」，群支A，北人南人讀音乖互。

《原本玉篇殘卷・山部》「岐」次於「𡸖」下：「岐，……野王案，道支分也。」〔42〕〔頁436〕「𡸖，渠宜反。」〔42〕〔頁436〕《萬象名義・山部》：「岐，同上（𡸖），道支分也。」「𡸖，渠宜反，郊字。」〔47〕〔頁217〕音作群支B。王利器注：「是江南亦有讀奇者也。」〔註9〕

《經典釋文》14注，12注以其宜反爲首音，群支B；祁支反、或音祇、一音祇、又巨移反、或祁支反各1次，均又音，群支A。

顏訓以音奇群支B爲正，南人呼爲祈群支A當是又音。《玉篇》、《釋文》作者顧野王、陸德明雖南人，然亦以奇爲正爲首，是以祈廣見聞也耶？

羛：地名，在魏。（支韻，許羈反，439）

羛：羛陽，鄉，在魏郡。（紙韻，魚倚反，472）

按：在今河南省內黃縣西南〔註10〕。

《說文・我部》：「羛，墨翟書義从弗，魏郡有羛陽鄉，讀若錡，今屬鄴，本內黃北二十里。」〔31〕〔頁267〕「錡」，《王三》三音，渠羈、渠綺、魚倚反。

〔註7〕李格非主編《漢語大字典》（簡編本），四川辭書出版社，湖北辭書出版社，1996年，第365頁。

〔註8〕王利器《顏氏家訓集解》，中華書局，1993年，第545頁。

〔註9〕王利器注。見王利器《顏氏家訓集解》，中華書局，1993年，第554頁。

〔註10〕李格非主編《漢語大字典》（簡編本），四川辭書出版社，湖北辭書出版社，1996年，第1423頁。

《後漢書・光武帝紀》:「大破五校於羛陽,降之。」李賢注「羛」音「許宜反」〔14〕〔頁46〕。「羛」段注云:「凡古地名多依傘俗方語⋯⋯羛陽讀若錡,同也。然注家皆讀羛陽虛宜切。與錡音稍不同也。」〔32〕〔頁633〕李氏許宜反、段氏言注家虛宜切皆同《王三》許羈反,曉母支韻三B。

「讀若」爲許氏注音術語,反切尙未發明時,取彼字音此字,兩字音同爲上。段氏惜乎注家音讀與「錡」字音不盡同,是以「錡」字群母支韻三B之渠羈反與「羛」字曉母支韻三B之音相參照,自然有群曉母的分別。「錡」有一讀作魚倚反,正與「羛」字又音同疑母紙韻三B,段氏未察。

「羛」《王三》許羈反李賢音可證是,魚倚反許愼讀若可證是。二音平上相承,另有曉母與疑母的交替。

《說文》謂「羛」即「義」之俗寫(墨子書體),故知二字至少音近,故「讀若錡」當即魚倚反,與「義」之別只在聲調(上古可能在尾音)。以此知魚倚反當是早期正音,曉母音似後出。

郫:郫氏,縣,在蜀。(支韻,符羈反,439)

郫:縣名,在蜀,又符羈反。(佳韻,薄佳反,447)

按:《說文・邑部》:「郫,蜀縣也。」〔31〕〔頁134〕《漢書・揚雄傳》:「漢元鼎間避仇復遡江上,處崏山之陽曰郫。」〔13〕〔頁3513〕縣名,古郫邑,秦置郫縣,今郫縣在四川省成都市西〔註11〕。又春秋晉邑,在今河南省濟源縣西〔註12〕。《左傳・文公六年》:「賈季亦使召公子樂於陳,趙孟使殺諸郫。」〔5〕〔頁316〕

「郫」,《王三》無言晉地名者,《廣韻》增,備收蜀、晉地名音:符羈切並支B「郫縣名,在蜀」〔33〕〔頁25〕,薄佳切「縣名,在蜀,又音皮並支B」〔33〕〔頁73〕,符支切並支A「郫邵,晉邑,亦姓,出《姓苑》」〔33〕〔頁27〕。可見讀音劃然,並支B音蜀地名,並支A音晉地名。

晉地名音與蜀地名音本不混,以下文獻記載也提供了證據。

《漢書・地理志》「蜀郡」下有「郫」,顏師古注:「郫音疲。」〔13〕〔頁1598〕

〔註11〕李格非主編《漢語大字典》(簡編本),四川辭書出版社,湖北辭書出版社,1996年,第1707頁。

〔註12〕李格非主編《漢語大字典》(簡編本),四川辭書出版社,湖北辭書出版社,1996年,第1707頁。

《後漢書・臧宮傳》：「復攻拔繁、郫。」李賢注：「郫，縣名，屬蜀郡，……郫音皮。」〔14〕〔頁255〕《晉書音義》「郫」注 5 次，均蜀地，其中 4 次「音皮」，1 次「苻羈反」，以上諸音皆同符羈反並支B。

又《經典釋文》注「郫」2 次，皆晉地名，音「婢支反並支A」〔17〕〔頁240，264〕。

《後漢書・趙典傳》：「封郫侯。」李賢注：「郫音盤眉反。」〔14〕〔頁341〕《初學記・地・江》：「凡長江之別有郫江。」徐堅曰：「郫音邳。」〔1〕〔頁124〕二者亦蜀地名音注，不過都是並脂B。《切韻》時代，標準的北方方言變體支脂無別，李賢長安人，李賢音與符羈反並支B不矛盾。徐堅的音注大致在中唐早期，這一時期支脂之三韻已開始合併。

《萬象名義・邑部》：「郫，毗〔註13〕移反。」〔47〕〔頁13〕大徐音「符支切」〔31〕〔頁134〕，均並支A，大徐失。

諸書「郫」無音薄佳反者。「郫」上古屬支部，鄭張尚芳擬音**bre、**bree〔註14〕，前者發展成後來的符羈反，後者成為薄佳反。魏晉南北朝時期，支部範圍縮小，支部二等轉入泰部，由無韻尾變為有韻尾*-i〔註15〕。「薄佳反」就是這一時期從支部脫離出來的。這一讀音可能一直在方俗的地位上徘徊，所以沒有被音注家重視、記錄。

> 㶟：力追反，水名，出鴈門。（脂韻，力追反，441）
>
> 㶟：水名，出鴈門。（旨韻，力軌反，473）

按：《說文・水部》：「㶟水，出鴈門陰館累頭山，東入海，或曰治水也。」〔31〕〔頁228〕即今上游為桑乾河、中段為永定河、下游為海河之河流。發源於山西省神池縣東，向東流經河北省至天津入海〔註16〕。

《漢書・地理志》：「俊靡，灅水南至無終東入庚。」顏師古注：「灅音力水反，又音郎賄反。」〔13〕〔頁1624〕「灅」當作「㶟」。力水反即力軌反。《萬象名義・水部》：「㶟，力追反，治水也。」〔47〕〔頁187〕大徐音「力追切」〔31〕〔頁134〕。

〔註13〕底卷作「䏌」，誤，茲徑改。

〔註14〕鄭張尚芳《上古音系》，上海教育出版社，2003年，第271頁。

〔註15〕王力《漢語語音史》，中國社會科學出版社，1985年，第154頁。

〔註16〕李格非主編《漢語大字典》（簡編本），四川辭書出版社，湖北辭書出版社，1996年，第840頁。

是水二音均有來源，平上相承。

睢：水名，在梁郡，又許葵反。(脂韻，息遺反，441)

睢：水名。(脂韻，許維反，441)

按：水名，也名睢河〔註17〕。《後漢書・劉永傳》：「劉永者，梁郡睢陽人。」〔14〕〔頁185〕《左傳・成公十五年》：「魚石、向爲人、鱗朱、向帶、魚府出舍於睢上。」〔5〕〔頁468〕楊伯峻注：「睢水本蒗蕩渠支津，舊自河南杞縣流經睢縣北，又東流經寧陵與商丘市南，又東經夏邑縣北，然後東南流。今上游僅睢縣附近有一支入惠濟河，餘皆湮塞。」〔6〕〔頁875〕

《漢書・項籍傳》：「楚又追擊至靈辟東睢水上。」顏師古曰：「睢音雖。」〔13〕〔頁1812～1813〕

《左傳・文公十年》：「遂道以田孟諸。」杜預注：「孟諸，宋大藪也，在梁國睢陽縣東北。」〔5〕〔頁324〕《釋文》：「睢陽，音綏。」〔17〕〔頁241〕

《左傳・成公十五年》：「魚石、向爲人、鱗朱、向帶、魚府出舍於睢上。」杜預注：「睢，水名。」〔5〕〔頁468〕《釋文》：「於睢，音雖，徐許惟反，又音綏。」〔17〕〔頁253〕

《爾雅・釋地》：「宋有孟諸。」郭璞注：「今在梁國睢陽縣東北。」〔9〕〔頁88〕《釋文》：「濉，蘇維反，水名也，本今作睢。」〔17〕〔頁421〕

音雖、音綏、蘇維反同，即息遺反。徐邈許惟反即許維反。《王三》二音均有寄託。

是字《王三》另見於支韻許隨反，訓「仰目」〔36〕〔頁439〕，至韻許鼻反，訓「恣睢，暴戾皃」〔36〕〔頁491〕，二處皆云「又許葵〔註18〕反」。《萬象名義・目部》：「睢，詩隹反，恣也。」〔47〕〔頁34〕呂浩校云：「白藤禮幸認為當作『許隹反』。」〔註19〕《說文・目部》：「睢，仰目也。」大徐音「許惟切」〔31〕〔頁

〔註17〕 李格非主編《漢語大字典》(簡編本)，四川辭書出版社，湖北辭書出版社，1996年，第1162頁。

〔註18〕 「葵」字《王三・支韻》許隨反「睢」下原作「蔡」。龍宇純校云：「蔡字當從王二作葵。」見龍宇純《唐寫全本王仁昫刊謬補缺切韻校箋》，香港中文大學，1968年，校箋部分第22頁。

〔註19〕 呂浩《〈篆隸萬象名義〉校釋》，學林出版社，2006年，第58頁。

72]。許葵反、許隹反、許惟切並即許維反，此讀當是習見音，不過「水名」義，未必盡然。

《切二・脂韻》、《切二・脂韻》息遺反下「睢」[註20]注同《王三》，作「水名」，許維反下無字[36][頁154，頁75]。《王二・脂韻》息遺反亦合《王三》：「水名，在梁。」[註21]許維反：「仰視。」[36][頁549]《廣韻・脂韻》息遺切：「水名，在梁郡。」[33][頁36]，許維切：「睢盱，視皃。」[33][頁38]《集韻・脂韻》宣隹切：「水名，在梁郡。」[34][頁12]呼維切：「《說文》仰目也。」[34][頁14]韻書系統曉母讀俱從《說文》義，《王三》作「水名」，例外。

息遺反，心母，許維反，曉母。鄭張尚芳上古擬音**sqʰʷil、**qʰʷil[註22]。**sqh->**sh->*s-[註23]，**qh->*h-[註24]，上古相近的輔音序列演變到中古表現爲心母與曉母的諧聲關係。

> 郿：聚名，在河東聞喜。（微韻，符非反，442）
>
> 郿：鄉名，在河東聞喜。（灰韻，薄恢反，448）

按：《說文・邑部》：「郿，河東聞喜縣。」[31][頁133]段注正「縣」爲「鄉」，又云：「今在山西絳州聞喜縣，漢縣地也。」[32][頁289]《漢書・地理志》「河東郡」下有「聞喜」[13][頁1550]，《後漢書・郡國志》「河東郡」下有「聞喜邑」[14][頁1200]。

《王一・微韻》、《集韻・微韻》、《萬象名義・邑部》同《王三・微韻》作「聚名」[36][頁250]，[34][頁17]，[47][頁12]，《廣韻・微韻》作「鄉名」[33][頁78]，不知何者是。《切二・微韻》作「縣名」[36][頁156]，從《說文》誤。

《廣韻・灰韻》薄回切「裴」注云：「又姓，伯益之後，封于郿鄉，因以爲氏，後徙封解邑，乃去邑從衣，至燉煌太守裴遵始自雲中徙居河東。」[33][頁78]裴遵任敦煌太守事見《後漢書・西域傳》。則知「郿」初不在河東，東漢郿氏方徙河東居。

[註20] 《切三・脂韻》息遺反字誤作「雎」。

[註21] 《王二・脂韻》息遺反字作「濉」。

[註22] 鄭張尚芳《上古音系》，上海教育出版社，2003年，第539頁，第487頁。按，許維反上古音鄭書作**qʰʷi，誤脫*-l，茲徑補。

[註23] 潘悟雲《漢語歷史音韻學》，上海教育出版社，2000年，第311頁。

[註24] 潘悟雲《喉音考》，《民族語文》，1997年第5期，第10～24頁。

《史記・五帝本紀》:「一年而所居成聚，二年成邑，三年成都。」張守節正義:「聚……謂村落也。」[29][頁34]《漢書・平帝紀》:「鄉曰庠，聚曰序。」張晏曰:「聚，邑落名也。」顏師古注:「聚小於鄉。」[13][頁355]

「郿」訓「聚名」、「鄉名」俱是，初徙河東爲聚，壯而大則爲鄉，或初至河東時沿其舊稱「郿鄉」，以「聚」之實當「鄉」之名，二稱並行，直至再次定置爲「鄉」。上舉字書不誤。

符非反並微、薄回反並灰中古音* bwriəj、*bwoj，上古**bɯl、**buul[註25]，音更近。東漢讀音和**bɯl、**buul 大致差不多，靠近中古一點，屬上古末期。蓋「郿」氏本音**bɯl，東漢徙居河東，名從主人，外氏人依**bɯl 讀，然必有摹其牙舌不得要領者，作**buul。初期，「郿」稱「聚」稱「鄉」不定，音讀亦**bɯl、**buul 兩可，後革置，定爲「郿鄉」，又積年累月，**buul 音終因人多勢眾固定下來，作「郿鄉」之讀，而**bɯl 降格爲「郿」字又讀，且不能辨其所指「聚」、「鄉」孰是。故而今見《切三・灰韻》、《王一・灰韻》、《廣韻・灰韻》薄回反/切並灰俱訓「鄉名」[36][頁79，頁257]，[33][頁78]，而符非反並微訓解淆亂。又《萬象名義・邑部》「負歸反」[47][頁12]，即符非反，大徐音「薄回切」[31][頁133]，即薄恢反，若空海直錄野王音切，兩相對照《萬象名義》與大徐音，微韻讀和灰韻讀的時間層次就更顯明了了。

蘄：縣名。(微韻，渠希反，442)

蘄：縣名，在譙郡，今音祈。(微韻，居希反，442)

按:《說文・艸部》:「蘄，艸也，从艸靳聲，江夏有蘄春亭。」[31][頁17]《漢書・地理志》「江夏郡」下有「蘄春」[13][頁1568]。段注云:「凡縣名繫於郡，亭名鄉名繫於某郡某縣。」故段氏正「亭」作「縣」[32][頁27]。然「江夏郡」下顏師古注:「高帝置，屬荆州。」則地在今湖北省。

又《漢書・地理志》「沛郡」下並出「譙」、「蘄」[13][頁1572]，是爲《王三・微韻》所錄之「蘄」。古縣名，本戰國時楚邑，秦置蘄縣，漢屬沛郡，治所在今安徽省宿縣南[註26]。《王三》言「在譙郡」，誤升「譙縣」爲郡，且失於隸治。

[註25] 鄭張尚芳《上古音系》，上海教育出版社，2003年，第316頁，第317頁。

[註26] 李格非主編《漢語大字典》(簡編本)，四川辭書出版社，湖北辭書出版社，1996年，第1515頁。

《漢書・高帝紀》:「秋七月，陳涉起蘄。」蘇林曰:「蘄音機，縣名，屬沛國。」〔13〕〔頁9〕

《後漢書・蓋延傳》:「四年春，延又擊蘇茂、周建於蘄。」李賢曰:「蘄，縣名，屬沛郡，有大澤鄉，蘄音機。」〔13〕〔頁253〕《後漢書・趙孝傳》:「趙孝，字長平，沛國蘄人也。」李賢注:「蘄音機。」王先謙曰:「官本機作幾。」〔13〕〔頁459〕

《史記・陳涉世家》:「攻大澤鄉，收而攻蘄，蘄下。」司馬貞索隱:「蘄音機，又音祈，縣名，屬沛郡。」〔29〕〔頁1952～1953〕

《漢書・地理志》「蘄春」晉灼曰:「音祈。」〔13〕〔頁1568〕

《後漢書・陳俊傳》:「子浮嗣徙封蘄春侯。」李賢注:「蘄春，今蘄州縣也，……蘄音祈。」〔13〕〔頁255〕

《萬象名義・艸部》:「蘄，居衣反，芹也。」〔47〕〔頁135〕

大徐音「渠支切」〔31〕〔頁17〕。

現將《王三》與六家音注的情況據注家時代〔註27〕或成書年代順序開列如下:

表格13 「蘄」字《王三》及六家音注

		見微	群微	渠支A
蘇林	三國魏	音機屬沛國		
晉灼	西晉		音祈蘄春	
李賢	675～680	音機屬沛郡、音幾屬沛國	音祈蘄春	
《王三》	706	居希反在譙郡（按，屬沛郡）	渠希反？	
司馬貞	719？	音機屬沛郡	又音祈屬沛郡	
空海	774～835	居衣反？		
徐鉉	986			渠支切？或爲蘄春

沛郡蘄縣與荊州蘄春音本殊，前者見微讀，後者群微讀，蘇林、晉灼、李賢等早期注家分注不紊。隨世遷移，漸混，司馬貞索隱見微、群微並音沛郡蘄

〔註27〕蘇林生卒年份與作注《漢書》音訓的具體時間均不可考，晉灼生卒年份與《漢書集注》的成書時間亦不可考，此表所列爲蘇林、晉灼的在世朝代。按，吳承仕推測晉灼爲西晉惠帝、懷帝間人，見吳承仕《經籍舊音序錄、經籍舊音辨證》，中華書局，1986年，第38頁。

縣。空海「芹也」爲別出一義〔註 28〕，居衣反不詳所注爲何地之名，大徐音可見止攝形成之濫觴，或注蘄春，然常見大徐音義錯配。

《王三》見微讀音義合，群微讀未詳，沛郡蘄縣與荊州蘄春《漢書・地理志》均爲縣置，訓「縣名」似皆可安。《切二・微韻》、《切三・微韻》、《王一・微韻》渠希反下無「蘄」〔36〕〔頁 156，頁 76，頁 250〕，《切二・微韻》、《王一・微韻》居希反：「蘄，縣名，在譙郡，今音祈。」〔36〕〔頁 156，頁 250〕同《王三》。由是觀之，群微讀「縣名」即指「蘄縣」，呼應「今音祈」而增，正如司馬貞混讀，世風如是，「今音」非虛。

渠希反龍宇純校云：「疑此涉居希反誤衍。」〔註 29〕失允。

　　㽛：地名，在河東。（虞韻，其俱反，443）

　　㽛：鄉名，在安邑。（麌韻，況羽反，475）

　　郇：邑名。（遇韻，俱遇反，493）

按：《漢書・地理志》「河東郡」下有「安邑」〔13〕〔頁 1550〕。其俱、況羽二反互爲異讀。

《說文・邑部》：「郇，地名。」大徐音「其俱切」〔31〕〔頁 136〕，另無「㽛」字，似「郇」即「㽛」。《廣韻》、《集韻》、《玉篇》、《類篇》等承錄《切韻》系前書和《說文》迹象甚明。該組地名不易考。

若「㽛」、「郇」各字，其俱、況羽二反平上異讀，聲母群曉交替。若「㽛」、「郇」同構異位，三反平上去相承，上聲讀與平去聲讀聲母曉群交替。

前者可能性爲大。《萬象名義・邑部》：「郇，弓注反。」〔47〕〔頁 14〕弓注反即俱遇反，合《王三・遇韻》，《王一・遇韻》「屨」紐〔註 30〕下「郇，邑名。」〔36〕〔頁 315〕與《王三・遇韻》同，是知《王一》、《王三》不誤。《王二・遇韻》俱遇反、《唐韻・遇韻》九遇反〔36〕〔頁 588，頁 315〕下無字，當因「郇」古地名，中晚唐

〔註 28〕 呂浩校曰：「《玉篇》作『草也。又縣名。又音芹』。《名義》『芹也』誤注音爲釋義。」見呂浩《〈篆隸萬象名義〉校釋》，學林出版社，2006 年，第 222 頁。按，呂浩校似未安，《爾雅・釋草》「蘄」〔9〕〔頁 113〕《釋文》：「古芹字，巨斤反。」〔17〕〔頁 424〕《萬象名義》「芹」作釋義亦可通，只是出於「居衣反」下，有雜糅古音古義之嫌。

〔註 29〕 龍宇純《唐寫全本王仁昫刊謬補缺切韻校箋》，香港中文大學，1968 年，校箋部分第 48 頁。

〔註 30〕 即俱遇反，《王一・遇韻》殘泐，可辨其紐韻，斷其紐字，反切不可見。

廢行已久，又他書不載，故刪。若「陑」、「郇」同字，則不可解去聲讀之棄用，去聲讀正作「句」字音。

檢眾籍，「陑」亦字書字，是否曾有又讀失傳，不可知。《原本玉篇殘卷・阜部》：「陑，呼矩反，《蒼頡篇》赦陑鄉，在安也邑。」[42][頁507] 平上聲讀似以上聲讀爲長。

隃：陵名，又羊朱、式〔註31〕注二反。（虞韻，相俞反，444）

隃：陵名，又式于反。（遇韻，傷遇反，493）

隃：隃麋，縣，在扶風，又作隃。（虞韻，羊朱反，444）

按：《王三》共四音：相俞心虞，傷遇、式注書遇，式于書虞；羊朱以虞。《王三・虞韻》書紐未見字[36][頁444]，《廣韻・虞韻》書紐式朱切收：「隃，北陵名，又相俞、式注二切。」[33][頁60]。則《王三》前三音指陵名，末一音指縣名。

《說文・𨸏部》：「隃，北陵西隃，鴈門是也。」[31][頁306]《爾雅・釋地》：「北陵西隃，鴈門是也。」郭璞注：「即鴈門山也。」[9][頁89] 在今陝西省代縣西北〔註32〕。隃麋，《漢書・地理志》屬右扶風[13][頁1547]，在今陝西省寶鷄市千陽縣東。陵名與縣名之「隃」同形字〔註33〕，皆從俞聲。

《爾雅・釋地》「隃」《釋文》：「戍、輸二音。」[17][頁421] 黃焯校：「《御覽》五十三引隃音戍，又州郡九引作踰。」〔註34〕《釋文》「二音」表示「二理兼通，今並出之」，即是不別義的同義異音〔註35〕，陸氏此處術語施注有點例外。音戍

〔註31〕底卷「式」前有「反又名」三字。龍宇純校云：「疑此本作又羊朱式注二反，誤衍反又名三字。廣韻云又式注式朱二切，本書遇韻傷遇反下云又式于反，或此本作又羊朱反又式注□□二反，而脫二字。」見龍宇純《唐寫全本王仁昫刊謬補缺切韻校箋》，香港中文大學，1968年，校箋部分第59頁。茲從前說，徑刪「反又名」三字。

〔註32〕李格非主編《漢語大字典》（簡編本），四川辭書出版社，湖北辭書出版社，1996年，第1862頁。

〔註33〕《王三・虞韻》羊朱反字頭「隃」與小注「又作隃」重，必有一誤。《說文・𨸏部》：「𨸏，大陸，山無石者。」[31][頁304] 即土山。陵名字從阜，是；縣名字當從邑，構件易位則混作從阜。

〔註34〕黃焯《經典釋文彙校》，中華書局，1980年，第268頁。

〔註35〕參萬獻初關於「二音」術語的討論。萬獻初《〈經典釋文〉音切類目研究》，商務印書館，2004年，第44頁。

書遇、音蹃以虞音異義別，《爾雅・釋地》之「隃」乃「北陵西隃」，陵名，音戍書遇者是，音蹃以虞當是隃麋縣名之音。《漢書・地理志》「隃麋」顏師古曰：「隃音蹃。」〔13〕〔頁 1548〕《龍龕手鏡・阜部》表述最清楚：「隃，音俞以虞，隃麋〔註 36〕，古縣名，又相俞心虞、式朱書虞二反，北陵名，又傷遇反書遇，鴈門也。」〔20〕〔頁 295〕《龍龕手鏡・阜部》微疏，「北陵名」即「鴈門」，二義之音可合。

《原本玉篇殘卷・阜部》：「隃，式注、式于二反。」〔42〕〔頁 499〕《萬象名義・阜部》：「隃，式注反。」〔47〕〔頁 226〕大徐音「傷遇切」〔31〕〔頁 306〕，均爲陵名作注。合觀各家音注，陵名字以書母遇韻爲正。

陵名字三音，韻的異讀可提取爲平去的差異，聲的異讀是心書母的區別。

縣名字羊朱反不參與異讀討論。

鄃：地名，在渌郡。（虞韻，羊朱反，444）

鄃：縣名，在清河。（虞韻，式朱反，444）

按：《說文・邑部》：「鄃，清河縣。」〔31〕〔頁 133〕《漢書・地理志》「清河郡」下有「鄃」〔13〕〔頁 1577〕。古縣名，漢置，北齊省，故城在今山東省平原縣西南，夏津縣東北〔註 37〕。渌郡，無考。「渌」有「清澈」義，張衡《東京賦》：「於東則洪池清蘌，渌水澹澹。」〔38〕〔頁 55〕蓋因是「清河郡」亦稱「渌郡」。

《漢書・地理志》「鄃」顏師古曰：「音輸。」〔13〕〔頁 1577〕《漢書・欒布傳》：「吳楚反時，以功封爲鄃侯。」蘇林曰：「鄃音輸。」〔13〕〔頁 1981〕

《後漢書・馬武傳》：「增邑更封鄃侯。」李賢注：「鄃音俞。」〔14〕〔頁 288〕《後漢書・趙苞傳》：「靈帝遣策弔慰，封鄃侯。」李賢注：「鄃……音式揄反。」〔14〕〔頁 940〕

《晉書音義》卷一四：「鄃，式朱反。」〔16〕〔頁 3230〕《晉書音義》卷三七：「鄃，弋朱反。」〔16〕〔頁 3247〕

《萬象名義・邑部》：「鄃，庾娯反，輸。」〔47〕〔頁 13〕呂浩校云：「《玉篇》作『鄃，又音輸』。《名義》『輸』爲又音。」〔註 38〕

〔註 36〕 底卷作「麋」，誤，茲徑改。

〔註 37〕 李格非主編《漢語大字典》（簡編本），四川辭書出版社，湖北辭書出版社，1996 年，第 1709 頁。

〔註 38〕 呂浩《〈篆隸萬象名義〉校釋》，學林出版社，2006 年，第 22 頁。

大徐音「式朱切」〔31〕〔頁133〕。

現將《王三》與六家音注的情況據注家時代〔註39〕或成書年代順序開列如下：

表格 14 「鄃」字《王三》及六家音注

		以虞	書虞
蘇林	三國魏		音輸
顏師古	641		音輸
李賢	675～680	音俞	式揄反
《王三》	706	羊朱反	式朱反
何超	？～747	弋朱反	式朱反
空海	774～835	庾娛反	又音輸
徐鉉	986		式朱切

以虞、書虞爲平行音讀，書虞讀或許更通行，不過也可能和經師有關，若空海直錄野王音切，似乎顧野王更傾向於以虞讀。蘇林陳留外黃人〔註40〕，顧野王吳郡吳人〔註41〕，不妨就此推測北人習讀書虞，南人慣音以虞。

《經典釋文》的異讀情況是，章組聲母（除了昌母）與以母的關係都很密切，其中尤以書母與以母的異讀最多〔註42〕。韻書也有不少這類現象的反映，《王三》「鄃」是一例。

潘悟雲論述中古以書母的上古來源，爲以母構擬的路徑是**l->**ll->**ʎ->*j-，書母是**l̥->**ll̥->**ʎ̥->*ɕ-，書母與以母形態相關，他同時指出有些與以母諧聲的書母字也可能來自**slj-，經過了從**slj-向**l̥-的變化〔註43〕。鄭張尚芳爲「鄃」字構擬上古讀音**lo、**hljo〔註44〕。

郙：亭名，在汝南上蔡，又方主反。（虞韻，撫扶反，444）

郙：亭名，又芳洙反。（麌韻，方主反，475）

〔註39〕蘇林生卒年份與作注《漢書》音訓的具體時間均不可考，此表所列爲蘇林的在世朝代。

〔註40〕吳承仕《經籍舊音序錄、經籍舊音辨證》，中華書局，1986年，第28頁。

〔註41〕吳承仕《經籍舊音序錄、經籍舊音辨證》，中華書局，1986年，第60頁。

〔註42〕沈建民《〈經典釋文〉音切研究》，中華書局，2007年，第134～136頁。

〔註43〕潘悟雲《流音考》，《東方語言與文化》，東方出版中心，2002年，第118～146頁。

〔註44〕鄭張尚芳《上古音系》，上海教育出版社，2003年，第539頁，第540頁。

按：《說文・邑部》：「郙，汝南上蔡亭。」[31][頁136] 今大致轄屬於河南省駐馬店市。

又芳洙反即撫扶反。此《王三》兩兩互見，當爲同字異音。

《萬象名義・邑部》：「郙，芳珠反。」[47][頁13] 大徐音「方矩切」[31][頁136]。《龍龕手鏡・邑部》：「郙，音甫，亭名。」[20][頁455] 芳珠反同撫扶反，方矩切、音甫同方主反。

二讀平上異調，聲母有滂幫之別。

> 岣：岣嶁，衡山別名。（虞韻，舉隅反，444）
>
> 岣：岣嶁，山巔。（厚韻，古厚反，486）
>
> 嶁：嶁岣〔註45〕，衡山別名。（麌韻，力主反，475）
>
> 嶁：岣嶁，山名。（厚韻，盧斗反，486）

按：《水經注・湘水》：「山經謂之岣嶁，爲南嶽也。」[30][頁894] 岣嶁，山名，衡山七十二峰之一，爲衡山主峰，故衡山亦名岣嶁山，在今湖南省衡陽市北〔註46〕。

《原本玉篇殘卷・山部》：「岣，古後反，《黃〔註47〕雅》岣嶁謂之衡山也。」[42][頁434]《萬象名義・山部》：「岣，古後反，衡山也。」[47][頁217]

《原本玉篇殘卷・山部》：「嶁，力部反，……劉熙曰岑嶁，小山銳頂者也，……字書岣嶁也。」[42][頁434]《萬象名義・山部》：「嶁，力部反，山頂銳也。」[47][頁217]「部」《王三》入姥、厚韻[36][頁476，頁486]，「岣嶁」疊韻聯綿詞，《原本玉篇殘卷》、《萬象名義》「岣」既音古後反，入厚韻，「嶁」力部反當對作《王三》盧斗反。

《廣雅・釋山》：「岣嶁謂之衡山。」[11][頁301] 曹憲「岣」音古侯反，「嶁」音力侯反[11][頁412]。

《史記・秦始皇本紀》：「乃西南渡淮水，之衡山、南郡。」張守節正義：「《括

〔註45〕龍宇純校云：「嶁岣二文誤倒，各書云岣嶁。」見龍宇純《唐寫全本王仁昫刊謬補缺切韻校箋》，香港中文大學，1968年，校箋部分第313頁。

〔註46〕李格非主編《漢語大字典》（簡編本），四川辭書出版社，湖北辭書出版社，1996年，第367頁。

〔註47〕「黃」字誤，當作「廣」。

地志》云：『衡山，一名岣嶁山。』……岣音苟，嶁音樓。」〔29〕〔頁248〕「苟」《王三・厚韻》音古厚反〔36〕〔頁486〕，「樓」《王三・侯韻》音落侯反〔36〕〔頁467〕。

《初學記・地部・衡山》：「《山海經》云：衡山一名岣嶁山。」徐堅云：「岣音矩，嶁音縷。」〔1〕〔頁97〕「矩」《王三・麌韻》俱羽反〔36〕〔頁475〕，「縷」《王三・麌韻》力主反〔36〕〔頁475〕。

諸家音注不太整齊，詳析，均是「岣」見母，「嶁」來母，差異在韻，韻又表現爲聲調和等〔註48〕。現將《王三》與五家音注「岣嶁」字音的情況根據注家時代〔註49〕或成書年代順序開列如下：

表格15 「岣嶁」字《王三》及五家音注

		韻	聲調	等
顧野王	519～581	厚厚	上上	一一
曹憲	605～618	侯侯	平平	一一
王三	706	厚厚	上上	一一
		虞麌	平上	三三
徐堅	659～729	麌麌	上上	三三
張守節	736	厚侯	上平	一一
空海	774～835	厚厚	上上	一一

任何一家「岣嶁」兩字的讀音都不在韻系、等第上出現錯綜搭配，聲調的搭配比較自由，可以同調相連，也可以異調，異調的前後順序也沒有特別的限制，這些正是疊韻聯綿詞的特點。

有趣的是，雖然形式自由，諸家卻都只收錄了一種讀音，唯《王三》並出兩讀，而且透露出使用習慣的轉變。虞麌組合的「岣」、「嶁」，《切三》反切〔36〕〔頁77，頁93〕與《王三》完全一致，又同有「衡山別名」的精確訓解，顯然這個讀音和這個意義的搭配在《切韻》時代是確定的。

厚厚組合，「岣」訓「山巔」，「嶁」訓「山名」。《後漢書・馬融傳》：「㢘疏嶁領，犯歷嵩巒。」李賢注：「《字林》曰，嶁，山巔也。」〔14〕〔頁683〕《玉篇・

〔註48〕這裡按傳統音韻學的層級分析對韻、聲調、等進行表述，按現代語音學的觀點，聲調是超音段成分，不是韻的下屬劃分。

〔註49〕《原本玉篇殘卷》、《初學記》和《萬象名義》的成書時間不可考，此表所列爲顧野王、徐堅和空海的生卒年份。

山部》:「嶁，山頂。」〔7〕〔頁102〕遍檢眾籍，「岣」皆訓「岣嶁」，未見訓「山巔」者，《王三・厚韻》誤將「嶁」字義繫於「岣」字下，「嶁」下注也僅作「山名」而不確指「衡山別名」，估計厚韻讀在《切韻》時代已經比較模糊了，P.3693號〔註50〕背厚韻古厚反無「岣」，盧斗反亦無「嶁」〔36〕〔頁174〕。顧野王吳郡人，曹憲江都人，都是南人，「岣嶁」的讀音習慣近古一點。空海本的是野王讀音。至徐堅，「岣嶁」已徑讀虞韻系。

《通雅・釋詁》:「岣嶁本作句婁。」〔37〕〔頁102〕是，不過話只說到一半。此山名的稱呼演變若用漢字記當作「婁」＞「句婁」＞「岣嶁」。

「婁」上古是一個半音節詞，有兩讀**g·roo、**g·ro〔註51〕，元音長短不同。上古漢語主要是單音節詞，用一個「婁」字來記錄山名，再自然不過了。後來，雙音節詞逐漸成爲主流，**g·roo、**g·ro 次要音節中的含混元音就強化爲和主要音節的元音一樣，一個半音節擴展成兩個音節**goo·roo、**go·ro。東亞各民族的語言心理把雙音節語素的第二個音節看得更加重要，第一個音節在語音平面上會發生簡化〔註52〕，此山名剛剛形成的兩個音節第一個音節的聲母響度減小，**goo·roo>**koo·roo、**go·ro>**ko·ro，這就進入了「句婁」時代，後來又加上義符，山名「岣嶁」看起來就很規範了，字形也就固定下來。不過，音變還在進行。**koo·roo>*ku·lu、**ko·ro>*kwrio·lwio，前者發展成中古的侯韻系讀，一等韻，後者演變爲中古的虞韻系讀，三等韻。這兩條路子是中古「岣嶁」平平連讀的由來，在此基礎上綴加喉塞尾-ʔ，或者在四聲形成後自由改變調值，就可能形成上平、上上、平上等組合。音注家把「岣」、「嶁」作爲單字析出來，分別注音，再散入各種音義、字書，「岣」、「嶁」字音的文獻面貌就顯得既大同小異，又叫人霧裏看花。

補充一點，前面說到「岣」只能用聯綿詞「岣嶁」訓釋，「嶁」卻可以有實義「山巔」，這種語素自由度的差異與是山最初用一個半音節「婁」字書記的推斷正好合掌。

〔註50〕屬「箋注本《切韻》」一類。周祖謨《唐五代韻書集存》，中華書局，1983年，第7～8頁。

〔註51〕鄭張尚芳《上古音系》，上海教育出版社，2003年，第385頁，第409頁，第410頁。

〔註52〕潘悟雲《漢語歷史音韻學》，上海教育出版社，2000年，第117～118頁。

鄌：亭名，在馮翊。（模韻，度都反，445）

鄌：亭名，在郃陽。（麻韻，宅加反，460）

按：《說文·邑部》：「郃，左馮翊郃陽縣。」〔31〕〔頁132〕「鄌」字段注曰：「在今陝西同州府郃陽縣東河西故城南。」〔32〕〔頁287〕即今陝西省渭南市郃陽縣。《說文·邑部》：「鄌，左馮翊鄌陽亭，从邑屠聲。」段玉裁正作「左馮翊郃陽亭」，並注：「各本作鄌陽亭，誤。……大雅韓奕，出宿于屠，毛曰，屠、地名，宋滆水李氏謂地在同州鄌谷，是也，按屠鄌古今字。」〔32〕〔頁287〕

鄌，《萬象名義·邑部》「杜胡反」〔47〕〔頁12〕，大徐音「同都切」〔31〕〔頁132〕，與《王三》度都反並爲定母模韻。其他典籍亦無音澄母麻韻，僅韻書、字書相承載錄：《切三·麻韻》宅加反：「鄌，亭名，在郃陽。」〔36〕〔頁85〕《王二·麻韻》宅加反：「鄌，亭名。」〔36〕〔頁558〕《廣韻·麻韻》宅加切：「鄌，亭名，在郃陽。」〔33〕〔頁148〕《集韻·麻韻》直加切：「鄌，亭名，在馮翊。」〔34〕〔頁61〕《類篇·邑部》：「鄌，同都切，說文馮翊郃陽亭，又直加切。」〔18〕〔頁227〕

「屠」亦無音澄母麻韻例。

「荼」本字，「茶」分化字，上古定母魚部，音**da，《王三》分別音度都反〔36〕〔頁445〕*dwo、宅加反〔註53〕〔36〕〔頁460〕*dra，今讀 t^hu^{35}、$tʂ^ha^{35}$，走了語音發展的兩條路子。黃典誠用漢語音韻的強弱不平衡律來解釋，認爲強聲弱韻的中古音度都反，今讀 t^hu^{35}，弱聲強韻的中古音宅加反，今讀 $tʂ^ha^{35}$〔註54〕。

「屠」、「鄌」亦上古定母魚部**da，韻書二音理同「荼」、「茶」。宅加反眾籍不可考，或讀音後代失落，或此反韻書穿鑿。前者叫人疑心同一亭名爲何要分化兩音，後者令人奇怪爲何單單穿鑿「鄌」字，「塗途酴駼峹圖徒瘏」等上古同音字《王三》並沒有宅加反的讀法。

邸：地名，又之刃反。（眞韻，植鄰反，449）

邸：地名，又恃真反。（震韻，職刃反，498）

〔註53〕《王三·麻韻》宅加反字仍作「荼」，即「茶」字。《廣韻·麻韻》宅加切：「茶，俗。」〔33〕〔頁148〕

〔註54〕黃典誠《漢語音韻在強弱不平衡律中發展——兼論中古四等的由來》，廈門大學中文系科學討論會論文，油印稿，今見《黃典誠語言學論文集》，廈門大學出版社，2003年，第47～91頁。

按：《說文・邑部》：「郖，地名。」大徐音「植鄰切」[31][頁135]。此字隋唐及以前眾籍不可考，唯《切韻》系書及《萬象名義・邑部》：「郖，時眞反。」[47][頁13]

又之刃反即又音職刃反，章母震韻，又恃眞反即又音植鄰反、時眞反，禪母眞韻，兩兩互見，當爲一地名之異讀。此地名平去聲有禪章母的濁清交替。

鄞：縣名，在會稽，又牛斤反。（眞韻，語巾反，449）

鄞：縣名，在會稽，又語巾反。（殷韻，語斤反，450）

按：《說文・邑部》：「鄞，會稽縣。」[31][頁135]《漢書・地理志》「會稽郡」下有「鄞」[13][頁1591]。春秋時屬越，即今浙江省鄞縣[註55]。

《漢書・地理志》「鄞」顏師古曰：「鄞音牛斤反。」[13][頁1592]

《後漢書・沖帝紀》：「海賊曾旌等寇會稽殺句章、鄞、鄮三縣長。」李賢注：「鄞音銀。」[14][頁113]

《晉書音義》卷一五：「鄞，音銀，又牛巾反。」[16][頁3231]《晉書音義》卷五六：「鄞，語巾反。」[16][頁3263]

《萬象名義・邑部》：「鄞，語巾反。」[47][頁13]

大徐音「語斤切」[31][頁135]。

音銀、牛巾反同語巾反，眞韻；牛斤反即語斤反，殷韻。「鄞」同「圁」有眞殷異讀。

圁：圁陽，縣，在西河，又語斤反。（眞韻，語巾反，449）

圁：縣名，在西河，又冝巾反。（殷韻，語斤反，450）

圁：縣名，又冝巾反。（山韻，五閑反[註56]，453）

按：《漢書・地理志》「西河郡」下有「圜陰」、「圜陽」，「圜陰，惠帝五年置。莽曰方陰。」顏師古注：「圜字本作圁，縣在圁水之陰，因以爲名也。王莽改爲方陰，則是當時已誤爲圜字。今有銀州、銀水，即是舊名猶存，但字變耳。」「圜陽」顏師古曰：「此縣在圁水之陽。」[13][頁1618～1619]今在陝西米脂東北。

[註55] 李格非主編《漢語大字典》（簡編本），四川辭書出版社，湖北辭書出版社，1996年，第1712頁。按，鄞縣2002年已撤縣設區爲寧波市鄞州區。

[註56] 「𤡰」紐字，底卷「反」字脱，茲徑補。

《史記・匈奴列傳》：「晉文公攘戎翟，居于河西圁、洛之閒。」裴駰引徐廣曰：「圁在西河，音銀。」〔29〕〔頁 2883〕

《文選・（陸倕）石闕銘》：「幕南罷鄣，河西無警。」李善注：「《漢書》晉文公攘戎狄，居於西河圁洛之閒，圁音銀。」〔38〕〔頁 773〕

音銀，即音語巾反，《王三》殷山韻處都注又音「又冝巾反」，以眞韻音爲正。

《萬象名義・囗部》：「圁，魚斤、一斤反。」〔47〕〔頁 288〕殷韻，然《玉篇・囗部》：「魚巾切，圁陽縣。」〔7〕〔頁 131〕眞韻，蓋《玉篇》據時俗改字。

《王三》山韻讀不知何出。

邧：地名。（元韻，愚袁反，450）

邧：秦邑。（阮韻，虞遠反，478）

按：《說文・邑部》：「邧，鄭邑也。」〔31〕〔頁 135〕段注云：「《廣韻》云，秦邑名，是也，今《左傳》鄭地無名邧者。」〔32〕〔頁 295〕邧，春秋秦邑，在今陝西省澄城縣南〔註 57〕。

《左傳・文公四年》：「晉侯伐秦，圍邧新城。」〔5〕〔頁 307〕《釋文》：「願晚反，一音元。」〔17〕〔頁 240〕願晚反即虞遠反，一音元即一音愚袁反。《史記・十二諸侯年表》「圍邧」司馬貞索隱：「阮音」〔29〕〔頁 601〕，《萬象名義・邑部》：「邧，牛遠反。」〔47〕〔頁 14〕大徐音「虞遠切」〔31〕〔頁 135〕，阮音、牛遠反並同虞遠反/切。

邧，共二音，平上相承。觀諸家音切，當以上聲讀爲典正，陸德明平聲讀標作「一音」，以之爲出於淺近的參考音〔註 58〕。

灤：南灤，縣名，在鉅鹿〔註 59〕，俗誤作欒。（寒韻，落官反，452）

〔註 57〕李格非主編《漢語大字典》（簡編本），四川辭書出版社，湖北辭書出版社，1996 年，第 1697 頁。

〔註 58〕參萬獻初關於「一音」術語的討論。萬獻初《〈經典釋文〉音切類目研究》，商務印書館，2004 年，第 40 頁。

〔註 59〕底卷「鹿」字無。龍宇純校云：「鉅下當從切三、王一補鹿字。」見龍宇純《唐寫全本王仁昫刊謬補缺切韻校箋》，香港中文大學，1968 年，校箋部分第 117 頁。茲徑補。

> 䜌：南䜌，縣，在鉅鹿，又力丸反〔註 60〕。(仙韻，呂〔註 61〕緣反，455)

按：《漢書・地理志》「鉅鹿郡」下有「南䜌」，顏師古注「鉅鹿郡」：「秦置。屬冀州。」[13]〔頁 1575〕故地在今河北省。《說文・言部》：「䜌，亂也，一曰治也，一曰不絕也，从言絲。」[31][54]《萬象名義・言部》訓：「乱也，理也，不絕也，擾也，悖也。」[47]〔頁 83〕皆非縣名。縣名之字蓋假「䜌」記音。

又力丸反即又音落官反。縣名義「䜌」字可兩讀。

《漢書・蕭何傳》：「復封何玄孫之子南䜌長喜爲酇侯。」蘇林曰：「䜌音人足攣躃之攣，鉅鹿縣名也。」[13]〔頁 2013〕《漢書・地理志》「南䜌」孟康曰：「䜌音良全反。」[13]〔頁 1575〕

《後漢書・郭皇后紀》：「其壻南陽陳茂以恩澤封南䜌侯。」李賢注：「䜌音力全反。」[14]〔頁 152〕

以上諸音並同呂緣反。

《萬象名義・言部》音「陸官反」[47]〔頁 83〕，大徐音「呂員切」[31][54]，同釋「䜌」字本義，然分取各音，不詳何故。

《王三・寒韻》落官反「䜌」注「俗誤作欒」，寒韻讀蓋由此增，《漢書》、《後漢書》均不注「欒」字音，是字習見。

> 鄟：邾鄟之邑，又之緣反。(寒韻，度官反，452)
>
> 鄟：邾婁邑，又徒桓反〔註 62〕。(仙韻，職緣反，455)
>
> 鄟：地名，亦作𨝃。(獮韻，視兖反，480)

按：《王三》「鄟」字於寒仙韻兩兩又音互見。

古國名，春秋時爲魯附庸國，鄟初被邾滅，魯復取之〔註 63〕。《左傳・成公

〔註 60〕底卷「力丸反」三字無。龍宇純校云：「切三、五刊云又力丸反，王一云又□丸反，此又下脱力丸反三字。」見龍宇純《唐寫全本王仁昫刊謬補缺切韻校箋》，香港中文大學，1968 年，校箋部分第 152 頁。茲徑補。

〔註 61〕「䜌」爲「攣」紐字，底卷反切上字作「目」，誤，茲徑改。

〔註 62〕底卷「反」上有「二」字。龍宇純校云：「此誤衍。」見龍宇純《唐寫全本王仁昫刊謬補缺切韻校箋》，香港中文大學，1968 年，校箋部分第 150 頁。茲徑刪。

〔註 63〕李格非主編《漢語大字典》(簡編本)，四川辭書出版社，湖北辭書出版社，1996 年，第 1712 頁。

六年》：「二月，辛巳，立武官，（魯）取鄟。」[5]〔頁441〕故地在今山東省郯城縣東北〔註64〕。《漢書・地理志》已無載。

「鄟」《釋文》注音 8 處。音專 7 次（首音 6 次，又音 1 次），徐音專 1 次（首音）；又市轉反 5 次（首音 1 次），又市巒反 1 次；一音徒丸反 1 次。[17]〔頁251，頁257，頁289，頁295，頁317，頁321，頁335，頁338〕音專即音職緣反，市轉、市巒反即視兗反，徒丸反即度官反。陸德明以仙韻讀為正切。

《萬象名義・邑部》：「鄟，諸緣反。」[47]〔頁15〕亦作仙韻讀。

郊：地名。（寒韻，烏寒反，452）

郊：里名〔註65〕，當陽。（翰韻，烏旦反，500）

按：今湖北省有當陽市。

《切三・寒韻》、《王一・寒韻》烏寒反並作：「郊，地名，在當陽。」[36]〔頁81，頁258〕《王三》二反為一地。《萬象名義・邑部》：「郊，於幹反。」[47]〔頁15〕於幹反即烏旦反。隋唐及以前《切韻》系書外他書不可考。二反平去相承。

鄗：鄉名，在育陽。（宵韻，于驕反，456）

鄗：鄉名，在南陽。（豪韻，胡刀反，457）

按：《說文・邑部》：「鄗，南陽淯陽鄉。」[31]〔頁134〕《漢書・地理志》「南陽郡」下有「育陽」[13]〔頁1563〕。段注云：「淯二志作育，……今河南南陽府東育陽故城是也，鄗者，漢時鄉名。」[32]〔頁292〕是地名兩讀。

《萬象名義・邑部》：「鄗，胡高反。」[47]〔頁13〕大徐音「乎刀切」[31]〔頁134〕。皆同胡刀反。

崤：山名，在弘農，又下高反。（肴韻，胡茅反，457）

崤：山名，又胡交反。（豪韻，胡刀反，457）

〔註64〕 李格非主編《漢語大字典》（簡編本），四川辭書出版社，湖北辭書出版社，1996年，第1712頁。

〔註65〕 龍宇純校云：「王一云里在當陽，廣韻、集韻並云里名。本書名當為在，或名下脫在字。」見龍宇純《唐寫全本王仁昫刊謬補缺切韻校箋》，香港中文大學，1968年，校箋部分第505頁。

按：胡刀反「山名」下《王一》有「在弘農」字〔36〕〔頁266，頁436〕。又下高反即音胡刀反，又胡交反即音胡茅反。此一字一山兩讀。在今河南省洛寧縣北，又名崤陵、嶔崟山〔註66〕。

《原本玉篇殘卷．山部》、《萬象名義．山部》「崤」並「胡交反」〔42〕〔頁436〕，〔47〕〔頁217〕。

《尚書．秦誓》司馬遷注「秦誓」：「以報崤之役。」〔26〕〔頁550〕《釋文》：「崤，戶交反。」〔17〕〔頁51〕《左傳．僖公三十二年》：「晉人禦師必於殽。」〔5〕〔頁289〕《釋文》：「於殽，本又作崤，戶交反，劉昌宗音豪。」〔17〕〔頁238〕《公羊傳．僖公三十三年》：「晉人及姜戎敗秦于殽。」〔3〕〔頁157〕《釋文》：「本又作肴，戶爻反，或戶高反。」〔17〕〔頁314〕

《史記．封禪書》：「於是自殽以東，名山五，大川祠二。」司馬貞注：「亦音豪。」〔29〕〔頁1371〕另有異文可證，《史記．太史公自序》：「維秦之先，伯翳佐禹，穆公思義，悼豪之旅。」司馬貞索隱：「豪即『崤』之異音。」〔29〕〔頁3302〕

後世多以「戶交反」之類注「崤」字，然司馬貞、劉昌宗唇吻皆作「胡刀反」，即音豪。此中古二等和一等的歧異上古存於**-r-的有無，鄭張尚芳擬音**Gaaw、**Graaw〔註67〕。

> 涍：水名，在河南。（肴韻，許交反，457）
>
> 涍：水名，在河南。（效韻，呼教反，503）

按：《王三》所記當爲一水。《萬象名義．水部》：「涍，呼効〔註68〕反。」〔47〕〔頁196〕呼効反即呼教反。隋唐及以前《切韻》系書外他書不可考。二反平去相承。

> 郈：邑名，又博毛反。（肴韻，匹交反，457）
>
> 郈：地名。（豪韻，博毛反，458）

按：肴韻下所注又音見於豪韻，二音當同屬一地。

〔註66〕李格非主編《漢語大字典》（簡編本），四川辭書出版社，湖北辭書出版社，1996年，第374頁。

〔註67〕鄭張尚芳《上古音系》，上海教育出版社，2003年，第518頁。

〔註68〕底卷作「効」，呂浩校正作「効」，茲徑正。見呂浩《〈篆隸萬象名義〉校釋》，學林出版社，2006年，第318頁。

《說文・邑部》：「郇，地名。」[31][頁134]段注云：「字廁於此，當是西南夷之地。」[32][頁294]《說文》此字序於「鄘郫鄯䣛鄭邡鄢鄨」後，次於「那」前，前後九字皆蜀地名[31][頁134]，故段氏有此說。是地具體所在不可考。

《萬象名義・邑部》：「郇，白勞反。」[47][頁13]即博毛反。大徐音「布交切」[31][頁134]，與匹交反小異，匹交反滂母，此幫母。

酇：縣名，在沛郡。（哥韻，昨何反，459）

酇：地名，又昨歌反。（麻韻，鋤加反，460）

按：《說文・邑部》：「酇，沛國縣。」[31][頁135]《漢書・地理志》「沛郡」下「酇，莽曰贊治」，應劭曰：「音嵯。」顏師古注：「此縣本爲酇，應音是也。中古以來借酇字爲之耳，讀皆爲酇，而莽呼爲贊治，則此縣亦有贊音。」[13][頁1572]則「酇」即「酇」字。《史記・陳涉世家》：「攻銍、酇、苦、柘、譙皆下之。」裴駰引徐廣曰：「苦、柘屬陳，餘皆在沛也。」[29][頁1952~1953]古縣名，在今河南省永城縣西南[註69]。

是字《王三・麻韻》以「又昨歌反」互見昨何反。

應劭曰音嵯，即音昨何反。大徐音「昨何切」[31][頁135]。《萬象名義・邑部》：「酇，祚加反。」[47][頁13]祚，從母，加，麻韻二等，《切韻》系書沒有這樣的聲韻搭配，實際上就相當於鋤加反，是音音義諸書未檢得。

酇：縣名，又子旦、子管二反。（哥韻，昨何反，459）

酇：百家，又子旦、在何二反，縣名。（旱韻，作管反，479）

酇：縣名，在南陽，又作管反、在何二反。（翰韻，作幹反，500）

按：《說文・邑部》：「酇，五百家爲酇，酇，聚也，从邑贊聲。南陽有酇縣。」[31][頁131]《漢書・地理志》「南陽郡」下有「酇」[13][頁1563]。古縣名，漢置，南朝梁廢，故治在今湖北省光化縣北[註70]。

「酇」一字兩地，音不同。裴駰說得最清楚。《史記・蕭相國世家》「高祖以蕭何功最盛，封爲酇侯。」裴駰集解：「文穎曰：『音贊。』瓚曰：『今南陽酇

[註69] 李格非主編《漢語大字典》（簡編本），四川辭書出版社，湖北辭書出版社，1996年，第1718頁。

[註70] 李格非主編《漢語大字典》（簡編本），四川辭書出版社，湖北辭書出版社，1996年，第1718頁。

縣也。』孫檢曰：『有二縣，音字多亂。其屬沛郡者音嵯，屬南陽者音讚。』按《茂陵書》，蕭何國在南陽，宜呼讚，今多呼嵯，嵯舊字作『戲』，今皆作『酇』，所由亂也。」〔13〕〔頁2015～2016〕

又《漢書・地理志》「南陽郡」下「酇，侯國。莽曰南庚。」孟康曰：「音讚。」顏師古注：「即蕭何所封。」〔13〕〔頁1563～1564〕亦合。

昨何反一讀原爲「戲」字音，即《漢書・地理志》「沛郡」下之「酇」〔註71〕。「戲」書作「酇」後遂增此音。作幹反纔是南陽縣名之音。

另有作管反，《說文》「五百家」義之音，與縣名無涉。故而《王三・旱韻》於又音後出訓「縣名」，大徐音「作管切，又作旦切」〔31〕〔頁131〕，以「作管切」爲首。《萬象名義・邑部》：「酇，子管反，聚也。」〔47〕〔頁11〕亦證。

「酇」字三音的音義聯繫，賈昌朝董理至晰。《群經音辨》卷三「辨字同音異」類：「酇，聚也，作管切，《禮》四里爲酇。」「酇，南陽縣也，作旦切。」「酇，沛縣也，在河切。」〔23〕〔頁61〕

「酇」旱翰韻讀一爲戶籍單位，一爲縣名，《說文》兩義並出，當有語義聯繫。「酇」以上去調區分不同的含義，可能是後來的分化。

> 洸：水名，又烏光反。（唐韻，古皇反，462）
>
> 洸：水名，又古皇反。（唐韻，烏光反，462）

按：《說文・水部》：「洸，水涌光也，从水从光，光亦聲，詩曰有洸有潰。」〔31〕〔頁230〕《詩經・邶風・谷風》：「有洸有潰，既詒我肄。」毛傳：「洸洸，武也。」〔27〕〔頁179〕《萬象名義・水部》：「洸，武皃。」〔47〕〔頁189〕《王三》取字不從經書。

《水經注・汶水》：「汶水又西，洸水注焉。」〔30〕〔頁582〕洸，汶水支流〔註72〕，在今山東。

群書未見注水名「洸」音者，皆注「武」義。《詩經・邶風・谷風》「有洸有潰」〔27〕〔頁179〕《釋文》：「洸，音光，武也。」〔17〕〔頁59〕《詩經・大雅・江漢》：「江漢湯湯，武夫洸光。」〔27〕〔頁982〕《釋文》：「洸洸，音光，武貌，又音汪。」

〔註71〕 參113頁「戲」字條。

〔註72〕 李格非主編《漢語大字典》（簡編本），四川辭書出版社，湖北辭書出版社，1996年，第750頁。

[17][頁59]《爾雅・釋訓》：「洸洸，赳赳，武也。」[9][頁37]《釋文》：「洸洸，女皇反。」[17][頁413] 黃焯正「女」作「古」〔註73〕。《萬象名義・水部》音「古黃反」[47][頁189]，大徐音「古黃切」[31][頁230]。音光、切古黃即音古皇反，又音汪即又音烏光反，見影母異讀。

汒：谷名。（唐韻，莫郎反，463）

汒：谷名，在京兆。（漾韻，武放反，505）

按：《類篇・水部》：「汒，武方切，谷名，在盩厔，又謨郎切，谷名，在京兆，……又無放切，谷名，在京兆。」[18][頁404]《隋書・地理志》「京兆郡」下有「盩厔」[35][頁808]。《類篇》三音當爲一地。《水經注・渭水》：「又東，芒水從南來流注之。芒水出南山芒谷，……又北逕盩厔縣之竹圃中。」[30][頁443]「芒」亦入《廣韻・唐韻》莫郎切[33][頁163]，即謨郎切，頗疑「芒水」即「汒水」，「芒谷」即「汒谷」。

「汒」不見於《說文》。《漢書・地理志》「京兆尹」後有「右扶風」，「右扶風」下方見「盩厔」[13][頁1543，頁1546～1547]，後朝襲此置。《周書・梁昕傳》：「其先因官，徙居京兆之盩厔焉。」[45][頁695] 則知「盩厔」始隸「京兆」之時間下限。既「水逕盩厔縣」，又《王三》注是谷在京兆，《切韻》該字必非摘自前代經史，而是據時俗收錄，《切三・唐韻》莫郎反下已收：「汒，谷名。」[36][頁87]

《萬象名義・水部》：「汒，亡向反，谷名也。」[47][頁196] 亡向反與武放反相當。

鄳：縣名，在江夏。（庚韻，武庚反，463）

鄳：縣名，在江夏，亦磺鄳〔註74〕。（梗韻，莫杏反，485）

按：《說文・邑部》：「鄳，江夏縣。」[31][頁134]《漢書・地理志》：「江夏郡」下有「鄳。」[13][頁1568] 古縣名，西漢置，故治在今河南省羅山縣西南九里〔註75〕。

〔註73〕 黃焯《經典釋文彙校》，中華書局，1980年，第257頁。

〔註74〕 龍宇純校云：「亦磺鄳，下文礦下云亦作磺，當即涉彼誤衍，各書此字無或體。」見龍宇純《唐寫全本王仁昫刊謬補缺切韻校箋》，香港中文大學，1968年，校箋部分第380頁。

〔註75〕 李格非主編《漢語大字典》（簡編本），四川辭書出版社，湖北辭書出版社，1996年，第1716頁。

《三國志・蜀志・費禕傳》:「費禕字文偉，江夏鄳人也。」裴松之注:「鄳音盲。」〔24〕〔頁 1060〕

《漢書・地理志》「鄳」蘇林曰:「音盲。」顏師古曰:「音萌，又音莫耿反。」〔13〕〔頁 1568〕

《後漢書・和帝紀》:「故太尉鄧彪元功之族三讓彌高。」李賢注:「彪父邯中興初有功封鄳侯。……鄳音莫杏反。」〔14〕〔頁 86〕

《後漢書・劉愷傳》:「近有陵陽侯丁鴻，鄳侯鄧彪。」李賢注:「鄳音盲。」〔14〕〔頁 461〕

《後漢書・鄧彪傳》:「父邯中興初以功封鄳侯。」李賢注:「鄳音莫庚反。」〔14〕〔頁 524〕

《晉書音義》卷一五:「鄳，武庚反。」〔16〕〔頁 3231〕

《晉書音義》卷九八:「鄳人，蘇林音盲，《字林》芒耿反。」〔16〕〔頁 3298〕

《萬象名義・邑部》:「鄳，亡庚反。」〔47〕〔頁 13〕

大徐音「莫杏切」〔31〕〔頁 134〕。

現將《王三》與八家音注的情況據注家時代〔註 76〕或成書年代順序開列如下:

表格 16 「鄳」字《王三》及八家音注

		庚韻系		耕韻系	
		明庚二	明梗二	明耕	明耿
蘇林	三國魏	音盲			
呂忱	晉初				芒耿反
裴松之	429	音盲			
顏師古	641			音萌	又音莫耿反
李賢	675～680	音盲、莫庚反	莫杏反		
《王三》	706	武庚反	莫杏反		
何超	?～747	武庚反			
空海	774～835	亡庚反			
徐鉉	986		莫杏切		

〔註 76〕蘇林生卒年份與作注《漢書》音訓的具體時間均不可考，呂忱生卒年份與《字林》的成書時間亦不可考，此表所列爲蘇林、呂忱的在世朝代。

四音可析爲兩組平行音讀：庚二韻系的平上讀和耕韻系的平上讀。如一家有異讀，也只發生於本韻系內部，如顏師古的「音萌」：「又音莫耿反」，李賢的「音盲」「莫庚反」：「莫杏反」。耕韻系讀主要出現於較早的時期，進入唐代後統一爲庚二韻系讀。早期的庚二耕兩可是魏晉時期庚耕混用現象的反映。後期歸韻統一的情況大概是因爲耕韻系讀失落了，或說音注失傳了，不過音注失傳的背後也當有語音演變的事實在作支持，即二等重韻的漸趨合併，《王三》的音切是有時音基礎的。

湞〔註77〕：水名，又直耕反。（庚韻，許庚反，463）

湞：水，出南海。（耕韻，直耕反，464）

按：《說文・水部》：「湞水，出南海龍川，西入溱水。」〔36〕〔頁226〕《漢書・地理志》「南海郡」下有「龍川」〔13〕〔頁1628〕。湞，水名，在廣東省境內，源出南雄縣東北大庾嶺，西南流經始興縣，至曲江縣與武水匯合〔註78〕。

《漢書・武帝紀》：「樓船將軍楊僕出豫章，下湞水。」鄭玄曰：「湞音檉。」孟康曰：「湞音貞。」蘇林曰：「湞音撐柱之撐。」顏師古曰：「蘇音是也。音丈庚反。」〔13〕〔頁186～187〕《漢書・地理志》「桂林郡」下：「臨武，秦水東南至湞陽入匯。」顏師古注：「湞音丈庚反，又音貞。」〔13〕〔頁1594〕

《晉書音義》卷十五：「湞，音貞，又丈莖反。」〔16〕〔頁3231〕《晉書音義》卷三七：「湞，應劭曰：『湞水出南海龍川。』音眞，又丈耕反。」〔16〕〔頁3247〕

《萬象名義・水部》：「湞，徵京反。」〔47〕〔頁186〕

大徐音「陟盈切」〔36〕〔頁226〕。

現將《王三》與七家音注的情況據注家時代〔註79〕或成書年代順序開列如下：

〔註77〕底卷作「湞」。龍宇純校云：「湞當從王一、王二作湞。」見龍宇純《唐寫全本王仁昫刊謬補缺切韻校箋》，香港中文大學，1968年，校箋部分第224頁。玆徑改。

〔註78〕李格非主編《漢語大字典》（簡編本），四川辭書出版社，湖北辭書出版社，1996年，第783頁。

〔註79〕鄭玄注《漢書》音義的具體時間不可考，蘇林生卒年份與作注《漢書》音訓的具體時間均不可考，孟康生卒年份與《漢書音》的成書時間均不可考，此表所列爲鄭玄的生卒年份和應劭、蘇林、孟康的在世朝代。

表格 17 「湞」字《王三》及七家音注

	二等			三等		
	徹庚二	澄庚二	澄耕	知庚三	知清	徹清
鄭玄 126～200						音檉
應劭 東漢		又丈更反			音貞	
蘇林 三國魏		音揨柱之揨				
孟康 三國魏					音貞	
顏師古 641		丈庚反			又音貞	
《王三》 706	丑庚反		直耕反			
何超 ？～747			又丈莖/丈耕反			
空海 774～835				徵京反		
徐鉉 986					陟盈切	

《王三・庚韻》許庚反「湞」字龍宇純校曰：「切三本紐無此字，廣韻亦無。貞聲之字例不讀曉母，漢書武帝紀『下湞水』，蘇林音揨柱之揨，故集韻字又見抽庚切，本書此下即丑庚反，疑王氏誤增於本紐下。」〔註 80〕蘇林音揨柱之揨，《漢書・武帝紀》顏注明確指出：「蘇音是也。音丈庚反。」[13][頁 187]「丈」僅音澄母，則顏師古必以「揨」、「丈庚反」同爲澄母，而非龍氏所言同「抽庚切」之徹母。不過，比勘表 17 其他五音，龍氏以爲《王三・庚韻》「湞」當下移入丑庚反，是，即便非韻書之實，也當是讀音之實。故表 17《王三・庚韻》是音徑錄作丑庚反，徹母庚韻二等。

表 17 局面相當混亂，音注彼此歧出，唯應劭、孟康、顏師古的讀音還大致相合，不過不能排除三家中有後人摘前人音注的可能。所以，一方面魏晉隋及初唐庚耕清青四韻混用的情況比較突出，另一方面，「湞」13 個音注的聲母散佈於知徹澄母，與庚二庚三耕清韻搭配成六個音節：*t^{h}raŋ、*draŋ、*dreŋ、*triaŋ、*trieŋ、*t^{h}rieŋ，於多項語音單位發生交涉：聲母清濁、聲母送氣不送氣、介音有無、主元音舌位高低等，經師對「湞」字音讀的普遍不確定、不熟悉是可以想見的，畢竟只有唯一含義的普通名詞，在相距不遠的語音時期裏並存這麼多的音讀，即便考慮到方言和師授傳承等因素，也是非常非常少見的。湞水出南

〔註 80〕 龍宇純《唐寫全本王仁昫刊謬補缺切韻校箋》，香港中文大學，1968 年，校箋部分第 224 頁。

海，遠離中原，日常稱用不可能頻繁，「湞」字主要存活在經注的字裏行間，像顏師古《漢書》的兩條記錄就可以同時容納三家音注並及自己的按斷，注音方式又兼有反切、直音、某某之某，音讀錯綜的成因尤其是主觀性成因，可能遠比通常情況來得複雜。

湞字音貞蓋念半邊字，空海庚清或混，鄭玄時亦清韻，故*triaŋ、*t^hrieŋ 爲一系；《王三》、何超*dreŋ 相符，此洛下之音乎？《王三》丑庚，龍氏疑誤增，莫非直庚之誤？若是，則應劭、蘇林、顏師古之*draŋ 與丑庚（直庚）爲第三系。

鄤：地名，又一井反。（清韻，於盈反，464）

鄤：地名，又烏盈反。（靜韻，於郢反，485）

按：《說文・邑部》：「鄤，地名。」〔31〕〔頁 136〕此地名無可考。

又一井反即於郢反，又烏盈反即於盈反，二音兩兩互見。《萬象名義・邑部》：「鄤，一井反。」〔47〕〔頁 14〕大徐音「於郢切」〔31〕〔頁 136〕，與《王三》均只合一端。二音平上相承。

邮：亭名，在高陵。（尤韻，以周反，466）

邮：鄉名〔註 81〕。（錫韻，徒歷反，518）

按：段注云：「今陝西西安府高陵縣即其地。」〔32〕〔頁 287〕即今陝西省西安市高陵縣。

此字隋唐前音注僅見《切韻》系書及《萬象名義・邑部》「与鳩反」〔註 82〕〔47〕〔頁 12〕，与鳩反同《王三》以周反。後來《說文》二徐音、《集韻》、《玉篇》、《類篇》、《龍龕手鏡》、《五音集韻》皆沿以周、徒歷之注。

《說文・邑部》：「左馮翊高陵，从邑由聲。」〔31〕〔頁 132〕以周反正是。徒歷反亦是。徒歷反，中古定母錫韻，折合成上古音在覺部。由，中古以母尤韻，上古幽部。幽覺有諧聲系列，可以交替，相當於清儒的幽覺對轉。又中古定母和以母上古可以是共同的來源。因此，「邮」字二音的諧聲理據是可說的。

〔註 81〕龍宇純校云：「名下王一、切三、王二、唐韻、廣韻並有在高陵三字，當據補。」見龍宇純《唐寫全本王仁昫刊謬補缺切韻校箋》，香港中文大學，1968 年，校箋部分第 668 頁。

〔註 82〕《萬象名義・邑部》字作「郵」。

《切三・尤韻》無「邮」字[36][頁90]，錫韻徒歷反收字：「鄉名，在高陵。」[36][頁103]《王一・尤韻》以周反：「邮，亭名，在高陵。」[36][頁277]《王一・錫韻》徒歷反：「邮，鄉名，在高陵。」[36][頁353]《王二・尤韻》以周反：「邮，邮亭名。」[36][頁560]《王二・覓韻[註83]》徒歷反：「邮，鄉名，在高陵。」[36][頁615]《唐韻・錫韻》徒歷反：「邮，鄉名，在高陵。」[36][頁709]《廣韻・尤韻》以周反：「邮，亭名，在高陵。」[33][頁185]《廣韻・錫韻》徒歷反：「邮，鄉名，在高陵。」[33][頁502]至爲齊整，皆「亭名」音以周反/切，「鄉名」音徒歷反/切。蓋是亭下屬於是鄉，遂義以音別。

鄯：鄯江，在蜀[註84]。（尤韻，直由反，466）

鄯：水名，在蜀郡。（有韻，植酉反，486）

按：《說文・邑部》：「鄯，蜀江原地。」[31][頁134]在今四川省灌縣境[註85]。《水經注・江水》：「有鄯江入焉，出江原縣，首受大江，東南流至武陽縣注於江。」[30][頁769]此水以地名，二音並指一水。

《萬象名義・邑部》：「鄯，除留反。」[47][頁13]即直由反，澄母尤韻。大徐音「市流切」[31][頁134]，禪母尤韻。《王三》又植酉反，禪母有韻。三音平上不同，澄禪不同。

此字似應以平聲讀爲長。

膢：縣名。（侯韻，落侯反，467）

膢：羸膢，縣名，在交止，羸字浴[註86]千反。（麌韻，力主反，475）

按：《漢書・地理志》「交趾郡」下有「羸膢」[13][頁1629]，《後漢書・地理志》

[註83] 即《廣韻》錫韻，此照錄《王二》韻目。

[註84] 底卷作「屬」。龍宇純校云：「王一、王二屬作蜀，當從之。」見龍宇純《唐寫全本王仁昫刊謬補缺切韻校箋》，香港中文大學，1968年，校箋部分第247頁。茲徑改。

[註85] 李格非主編《漢語大字典》（簡編本），四川辭書出版社，湖北辭書出版社，1996年，第1717頁。按，灌縣1988年已撤縣建市爲都江堰市。

[註86] 龍宇純校云：「浴當從王一、王二作洛。」見龍宇純《唐寫全本王仁昫刊謬補缺切韻校箋》，香港中文大學，1968年，校箋部分第313頁。

同，字作「羸陵」，李賢注：「《地道記》曰南越侯織在此。」[14][頁1304] 羸陵，古縣名，在今越南境內[註87]。

《原本玉篇殘卷・阜部》：「陵，力使反，《漢書》交阯郡有羸縣。」[42][頁510]《萬象名義・阜部》：「陵，力候反。」[47][頁227]《原本玉篇殘卷・阜部》「使」當是「侯」或「候」之誤。顏師古注《漢書・地理志》「羸陵，有羞官。」孟康曰：「羸音蓮。陵音受土簍。」顏師古曰：「陵簍二字並音來口反。」[13][頁1629] 來口反爲來母厚韻。

《王三》只擇錄了「陵」侯韻系的平聲讀，上去讀存於他典。

簍韻讀由來同「岣嶁」之「嶁」，**roʔ>*lwio 上聲[註88]。「羸陵」雙聲聯綿詞。

滱：水名，在北地，又口候反。（侯韻，恪侯反，467）

滱：水名。（候韻，苦候反，507）

按：《說文・水部》：「滱水，起北地靈丘，東入河，从水寇聲，滱水即漚夷水，并州川也。」[31][頁228]《水經注》有《滱水篇》[30][頁284～293]。是水在今河北省，滱水之名，宋以後漸廢[註89]。

《漢書・地理志》「上曲陽」顏師古注：「東入滱。……應劭曰：『滱音彄。』」[13][頁1576] 音彄即音恪侯反。《漢書・地理志》：「靈丘，滱河東至文安入大河。」顏師古注：「滱音寇，又音苦侯反。」[13][頁1622～1623] 音寇即音苦候反。《萬象名義・水部》：「滱，枯漏反。」[47][頁187] 枯漏反即苦候反。大徐音「苦候切」[31][頁228]。恪侯、苦候二反均可讀，亦平去相承。去聲讀見長。《說文》「漚夷水」，「漚」字平去二音。（影母）滱音彄，則應劭時爲平聲，似平聲爲早，去聲後出。

洱：水名，出罷谷山，又而志反。（止韻，而止反，473）

洱：水名，出罷谷，又弥尒反。（志韻，仍吏反，492）

[註87] 李格非主編《漢語大字典》（簡編本），四川辭書出版社，湖北辭書出版社，1996年，第992頁。

[註88] 見第104～106頁「嶁」字條。

[註89] 李格非主編《漢語大字典》（簡編本），四川辭書出版社，湖北辭書出版社，1996年，第811頁。

按：罷谷山，在雲南。洱，即今雲南省西洱河〔註90〕。

又而志反即仍吏反。又弥尔反爲明母紙韻，與《王三》收字不合。龍宇純校云：「又弥尔反，王一云又而止反。紙韻弥婢反無此字，廣韻同；有㳽字，注云㳽水，蓋即此音所指。(明楊愼雲山川志云：西洱海亦名㳽海。)集韻則㳽字而外，又收洱字。㳽下云飲也，洱下云水名，亦似以洱當本書㳽字。唯止韻而止反下有洱字，與王一合；注云又而志反，爲互注。疑此又弥尔反四字爲後人所改。」〔註91〕此從龍宇純校，據《王一》，取「又而止反」。

《萬象名義・水部》：「洱，如志反，水出焉〔註92〕。」[47][頁194]

洱，又古水名，約在今河南省南陽一帶〔註93〕。

《漢書・地理志》：「盧氏，熊耳山在東。伊水出，東北入雒，過郡一，行四百五十里。又有育水，南至順陽入沔，又有洱水，東南至魯陽，亦入沔。」顏師古曰：「洱音耳。」[13][頁1549]音耳即音而止反。

雲南之「洱」當以仍吏反爲正，而止反或爲又音，或爲誤蒙河南之「洱」增音。傾向於前者。

而止、仍吏二反上去相承。

鄔：縣名，在太原。(姥韻，烏古反，476)

鄔：縣名，在太原，又烏古反。(御韻，於據反，493)

按：《說文・邑部》：「鄔，太原縣。」[31][頁133]《左傳・昭公二十八年》：「司馬彌牟爲鄔大夫。」杜預注：「太原鄔縣。」[5][頁912]春秋晉地，在今山西省介休縣東北〔註94〕。

〔註90〕李格非主編《漢語大字典》(簡編本)，四川辭書出版社，湖北辭書出版社，1996年，第748頁。

〔註91〕見龍宇純《唐寫全本王仁昫刊謬補缺切韻校箋》，香港中文大學，1968年，校箋部分第438頁。

〔註92〕呂浩校云：「《名義》『水出焉』爲引證之誤省。《玉篇》作『水，出罷谷山』。」見呂浩《〈篆隸萬象名義〉校釋》，學林出版社，2006年，第315頁。

〔註93〕李格非主編《漢語大字典》(簡編本)，四川辭書出版社，湖北辭書出版社，1996年，第748頁。

〔註94〕李格非主編《漢語大字典》(簡編本)，四川辭書出版社，湖北辭書出版社，1996年，第1711頁。

諸家「鄔」音注甚夥，這裡去注家和切語之重復，摘舉如次。

《史記・曹相國世家》：「因從韓信擊趙相國夏說軍於鄔東。」裴駰引徐廣曰：「鄔縣在太原。音烏古反。」〔29〕〔頁2027〕《後漢書・郡國志》「太原郡」下「鄔」李賢注：「《史記》韓信破夏說于鄔，徐廣曰音于庶反。」〔14〕〔頁1292〕

《周禮・夏官・職方氏》：「其澤藪曰昭餘祁。」鄭玄注：「昭餘祁在鄔。」〔44〕〔頁2679〕《釋文》：「在鄔，徐於擄反，縣名，屬太原，劉烏古反。」〔17〕〔頁130〕《爾雅・釋地》：「燕有昭余祁。」郭璞注：「今太原鄔陵縣北九澤是也。」〔9〕〔頁88〕《釋文》：「鄔，於慮反。」〔17〕〔頁421〕《漢書・地理志》：「藪曰昭餘祁。」顏師古曰：「在太原鄔縣。鄔音一戶反，又音於庶反。」〔13〕〔頁1542〕

《左傳・昭公二十八年》：「晉祁勝與鄔臧通室。」〔5〕〔頁911〕《釋文》：「鄔臧，舊烏戶反。」〔17〕〔頁291〕

《後漢書・光武帝紀》：「秋光武擊銅馬於鄡。」李賢注：「俗本多誤作鄔，而蕭該音一古反，云屬太原郡。」〔14〕〔頁42〕

《晉書音義》卷一〇四：「鄔，太原鄔縣也。音一戶反。」〔16〕〔頁3291〕

《萬象名義・邑部》：「鄔，於古反。」〔47〕〔頁12〕

大徐音「安古切」〔31〕〔頁133〕。

音家計九家。現將《王三》與九家音注的情況據注家時代〔註95〕或成書年代順序開列如下：

表格18 「鄔」字《王三》及九家音注

		影姥模韻系	影御魚韻系	云御魚韻系
劉昌宗	東晉	烏古反		
徐邈	343～397		於擄反	
徐廣	351～425	烏古反		于庶反
陸德明	583～589	舊烏戶反	於慮反	
蕭該	隋初	一古反		
顏師古	641	一戶反	又音於庶反	
《王三》	706	烏古反	於擄反	

〔註95〕劉昌宗《三禮音》、徐邈《周禮音》、徐廣《史記音義》、蕭該《漢書音義》和空海《萬象名義》的成書時間不可考，此表所列爲劉昌宗、徐邈、徐廣、蕭該和空海的生卒年份。

何超	？～747	一戶反		
空海	774～835	於古反		
徐鉉	986	安古切		

影姥的讀法居多，影御也不少〔註 96〕，二音都是史上傳下來的，上古鄭張尚芳分別擬音**qaaʔ、**qas〔註 97〕。前者的讀法想必更有傳統，陸德明言爲「舊音」， 而且九家除徐邈外都有該讀。

「鄔」另入《廣韻・模韻》哀都切〔33〕〔頁 65〕，鄭張尚芳據擬上古音**qaa〔註 98〕。鄭氏的擬音從音理邏輯上說沒有問題，不過《切三・模韻》、《王一・模韻》、《王三・模韻》哀都反一紐確實沒有看到「鄔」字〔36〕〔頁 78，頁 254，頁 445〕，魏晉隋唐音義也沒有「鄔」音哀都反的記錄。哀都反可能是後起的聲旁誤讀。

> 郲：郲陽，縣，在桂陽。（賄韻，落猥反，477）
>
> 郲：縣名，在桂陽。（隊韻，盧對反，497）

按：《說文・邑部》：「郲，今桂陽郲陽縣。」〔31〕〔頁 134〕段注正「郲」爲「耒」，又云：「今湖南衡州府耒陽縣縣東四十五里有耒陽廢城。」〔32〕〔頁 294〕《水經注・耒水》：「耒陽舊縣也，蓋因水以制名。」〔30〕〔頁 916〕耒，《王三・旨韻》力軌反，田器〔36〕〔頁 473〕，《王三・隊韻》盧對反，耒耜〔36〕〔頁 497〕。《萬象名義・邑部》：「郲，力對反，誄也。」〔47〕〔頁 13〕大徐音「盧對切」〔31〕〔頁 136〕。力對反與盧對反同，「郲」蓋以此音爲正。

落猥、盧對反上去相承。

> 黽：黽池，縣，在弘農，又亡善反，通俗作黾。（軫韻，武盡反，477）
>
> 黽〔註 99〕：黾池，縣名，在弘農，又亡忍反，或作黽。（獮韻，無兗反，480）

按：又亡善反即又音無兗反，又亡忍反即又音武盡反。此又音兩兩互見。《說文・黽部》：「黽，鼃黽也，从它象形，黽頭與它頭同。」〔31〕〔頁 285〕《漢

〔註 96〕 云御魚韻系讀可看作影御魚韻系讀一類。

〔註 97〕 鄭張尚芳《上古音系》，上海教育出版社，2003 年，第 491 頁。

〔註 98〕 鄭張尚芳《上古音系》，上海教育出版社，2003 年，第 491 頁。

〔註 99〕 底卷作「黾」。

書・地理志》「弘農郡」下有「黽池」〔13〕〔頁1549〕。古縣名，秦置爲縣，故城在今河南澠池縣西〔註100〕。

縣名義「黽」可如《王三》兩讀。

《漢書・陳勝傳》：「二月餘，章邯追敗之，復走黽池。」顏師古曰：「黽音澠。」〔13〕〔頁1790〕《漢書・地理志》「黽」顏師古曰：「黽音莫踐反，又音莫忍反。」〔13〕〔頁1549〕

《史記・商君列傳》：「秦發兵攻商君，殺之於鄭黽池。」司馬貞索隱：「黽音亡忍反。」〔29〕〔頁2237〕

《晉書音義》卷十五：「黽池，黽，一作澠，同。俱音沔。」〔16〕〔頁3230〕

音澠、莫踐反、音沔並同無兖反，莫忍反、亡忍反並同武盡反。

《萬象名義・黽部》：「黽〔註101〕，莫耿反，蟆也。」〔47〕〔頁260〕大徐音「莫杏切」〔31〕〔頁285〕，是「蛤蟆」義，《王三・耿韻》武幸反下亦有：「黽，蛙黽。」〔36〕〔頁485〕

麥耘認爲，「蛙黽」的「黽」上古原是眞部字，明母，字借爲「黽池」的「黽」，後來「黽」又變爲耕部字（聲母不變），故中古「黽池」的「黽」入眞韻，「蛙黽」的「黽」音莫耿反〔註102〕。

> 祊：邑名，在泰〔註103〕山。（梗韻，兵永反，484）
>
> 祊：宋下邑，又兵永反。（敬韻，彼病反，506）

按：《穀梁傳・桓公元年》：「祊者，鄭伯之所受命而祭泰山之邑也。」〔4〕〔頁26〕故地在今山東省費縣東約三十七里處〔註104〕。

《集韻・梗韻》補永切：「祊，《說文》宋下邑，又姓。」〔34〕〔頁121〕補永反即兵永反。以《集韻》注核《王三・敬韻》注，《王三》二反係一「祊」之音。

「三月，鄭伯使宛來歸祊。」〔3〕〔頁38〕，〔4〕〔頁21〕《公羊傳・隱公八年・釋文》：

〔註100〕李格非主編《漢語大字典》（簡編本），四川辭書出版社，湖北辭書出版社，1996年，第2126頁。

〔註101〕底卷作「黾」。

〔註102〕麥耘《「黽」字上古音歸部說》，《華學》（第5輯），中山大學出版社，第2001年。

〔註103〕底卷作「秦」。龍宇純校云：「秦當從切三、廣韻作泰。」見龍宇純《唐寫全本王仁昫刊謬補缺切韻校箋》，香港中文大學，1968年，校箋部分第379頁。茲徑改。

〔註104〕李格非主編《漢語大字典》（簡編本），四川辭書出版社，湖北辭書出版社，1996年，第1699頁。

「歸邴，彼命反，又音丙，鄭邑。」[17][頁 307]《穀梁傳・隱公八年・釋文》:「邴，彼病反，一音丙。」[17][頁 326] 彼命反即彼病反，又音/一音丙相當於又讀兵永反，度陸德明意，前音爲正，後音「音堪互用，義可並行」，存之「示傳聞見」耳〔註 105〕。《萬象名義・邑部》:「邴，邦景反。」[47][頁 13] 邦景反即兵永反，大徐音「兵永切」[31][頁 135]，所取之音皆與陸德明意不合。

《王三》兵永、彼病二反，上去相承。

䄵：亭名，在鄭。(忝韻，乃簟反，487)

䄵：亭名，在京兆。(㮇韻，他念反，508)

按:《說文・邑部》:「鄭，京兆縣，周厲王子友所封，从邑奠聲，宗周之滅，鄭徙潧洧之上，今新鄭是也。」[31][頁 132] 故此二音爲一「䄵」之讀。鄭，在今陝西省華縣西北〔註 106〕。

此字隋唐及前代除《切韻》系書及《萬象名義・阜部》「䄵，他站反，亭」[47][頁 227]，他書不可考。他站反即他念反。

二音聲調爲上去之別，聲母一爲泥，一爲透。泥母上古是清鼻音**n̥-〔註 107〕，與透母有諧聲的情況。

淛：江別名，會〔註 108〕稽。(祭韻，職例反，496)

淛：江名，源在東陽。(薛韻，旨熱反，517)

按:《說文・水部》:「淛，江水東至會稽山陰爲淛江。」[31][頁 224]《玉篇・水部》:「發源東陽，至錢塘入海。」[7][頁 87] 即今錢塘江，上游爲新安江〔註 109〕。

《萬象名義・水部》:「淛〔註 110〕，止世反，止〔註 111〕設反。」[47][頁 185] 止

〔註 105〕參萬獻初關於「又音」、「一音」術語的討論。萬獻初《〈經典釋文〉音切類目研究》，商務印書館，2004 年，第 36 頁。

〔註 106〕李格非主編《漢語大字典》(簡編本)，四川辭書出版社，湖北辭書出版社，1996 年，第 1715 頁。按，華縣隸屬渭南市。

〔註 107〕李方桂原書作**hn-或**hnr-。見李方桂《上古音研究》，商務印書館，1980 年，第 19 頁。

〔註 108〕龍宇純校云:「會上王一有在字，當據補。」見龍宇純《唐寫全本王仁昫刊謬補缺切韻校箋》，香港中文大學，1968 年，校箋部分第 472 頁。

〔註 109〕李格非主編《漢語大字典》(簡編本)，四川辭書出版社，湖北辭書出版社，1996 年，第 756 頁。

〔註 110〕底卷作「淛」。

〔註 111〕底卷作「七」。呂浩校云:「『七』當作『止』。」見呂浩《〈篆隸萬象名義〉校釋》，學林出版社，2006 年，第 301 頁。茲徑改。

世反即職例反，止設反即旨熱反。同《王三》二音兼收。

多數音家取薛韻讀。《史記・項羽本紀》：「秦始皇帝游會稽渡浙江。」司馬貞索隱：「浙音『折獄』之『折』。」〔29〕〔頁296〕《漢書・項籍傳》：「秦始皇帝東遊會稽渡浙江。」應劭曰：「浙音折。」〔13〕〔頁1796〕《莊子・雜篇・外物》「制河」〔48〕〔頁925〕《釋文》：「諸設反，依字應作浙。」〔17〕〔頁396〕音折、諸設反並同旨熱反。大徐音「旨熱切」〔31〕〔頁224〕。

山川多據形貌稱名，「浙」因水道曲折得名。司馬貞索隱：「蓋其流曲折。」〔29〕〔頁296〕「浙」取「折」音，會理，且揭其義，故應劭、韋昭等承用不棄。旨熱反當是其本音。

職例反亦不誤。「浙」字旨熱反、職例反，郭錫良折合作上古音皆章母月部〔註112〕，鄭張尚芳旨熱反上古入月2部，職例反〔註113〕上古入祭2部，分別擬作**ʔljed、**kjeds〔註114〕。中古二音有共同的上古來源。

職例反、旨熱反中古音*tɕiej、*tɕiet，僅韻尾不同，又-j、-t同發音部位，語流中的實際差別很小，幾乎不影響辨義。單字音讀薛韻有歷史慣性，祭韻讀雖不是主流，但也一直沒有失落，故此《王一・祭韻》、《王三・祭韻》職例反〔註115〕訓「江別名」〔36〕〔頁320，頁496〕。

> 瀙：水名，在汝南，又七刃反。（震韻，初遴反，498）
>
> 瀙：水名，入潁。（震韻，七刃反，499）

按：《說文・水部》：「瀙水，出南陽舞陽中陽山，入潁。」〔31〕〔頁226〕段玉裁正「舞陽」爲「舞陰」〔32〕〔頁532〕。《漢書・地理志》並出「汝南郡」與「南陽郡」，「南陽郡」下有「舞陰，中陰山，瀙水所出，東至蔡入汝。」〔13〕〔頁1561～1564〕此一水二音。即今河南省泌陽遂平境內沙河〔註116〕。

《漢書・地理志》「灈陽」應劭曰：「灈水出吳房，東入瀙也。」顏師古曰：「瀙，音楚人反，又音楚刃反。」〔13〕〔頁1562～1563〕楚人反爲初母眞韻，是音《王

〔註112〕郭錫良《漢字古音手冊》，北京大學出版社，1986年，第19頁，第52頁。

〔註113〕鄭張尚芳擬音據中古征例切折合。征例切、職例反中古音韻地位同。征例切見《集韻・祭韻》〔34〕〔頁145〕。

〔註114〕鄭張尚芳《上古音系》，上海教育出版社，2003年，第559頁，第566頁。**kjeds字頭作「淛」。《集韻・祭韻》征例切「淛」、「浙」異寫並出〔34〕〔頁146〕。

〔註115〕《王一・祭韻》字誤作「𣶒」。

〔註116〕李格非主編《漢語大字典》（簡編本），四川辭書出版社，湖北辭書出版社，1996年，第835頁。

三》未收。楚刃反即初遴反，初母震韻。

《王三・震韻》另音之七刃反，合者有《萬象名義・水部》「瀙，且進反」〔47〕〔頁187〕、大徐音「七吝切」〔31〕〔頁226〕，皆清母震韻。

初遴反、七刃反的上古擬音是**shrins、**shins〔註117〕，是詞根聲母和元音中間有無*-r-的區別，演變到中古，轉爲聲母是初母還是清母的差異。如果從中古音類的立場來看，上古的這兩個讀音就是通常說的「照二歸精」。

> 濼：水名，在濟南，又力各反。（屋韻，盧谷反，509）
>
> 濼：水名。（鐸韻，盧各反，524）

按：是字屋韻處以又音互見鐸韻讀。

《說文・水部》：「濼，齊魯閒水也，从水樂聲，《春秋傳》曰公會齊侯于濼。」〔31〕〔頁227〕《水經注・濟水》：「濟水又東北，濼水入焉。」〔30〕〔頁209〕濼，古水名，源出今山東省濟南市西南，北流入古濟水（此段濟水即今黃河）〔註118〕。

「公會齊侯于濼」〔5〕〔頁131〕，〔3〕〔頁66〕，〔4〕〔頁39〕，《釋文》「于濼」：「盧篤反，又力角反，一音洛，《說文》匹沃反。」〔17〕〔頁227〕「郎沃反，又音洛，《說文》云匹沃反。」〔17〕〔頁309〕「力沃反，又音洛，舊音匹沃反。」〔17〕〔頁328〕

三條共以來沃讀爲首音，來鐸讀次之，滂沃讀再次之，並以滂沃讀爲《說文》音，爲舊音。第一條又有來覺讀力角反爲他處未見。

「濼」字段注云：「《經典釋文》引《說文》匹沃反，此蓋《音隱》文也。」〔32〕〔頁536〕《慧琳音義》卷十七「陂濼」條：「下普莫反，大池也，山東名濼，幽州名淀。」〔41〕〔頁666〕匹沃、普莫反分屬沃鐸韻，主元音*o、*ɑ 音近，且於唇音滂母後，二反可視作一類。則《釋文》匹沃反繫於水名之「濼」下音義不合。《王三・鐸韻》亦有匹各反滂鐸之「濼」，訓「波濼」〔36〕〔頁525〕，「波」爲「陂」之訛。

《萬象名義・水部》：「濼，力沃、力各反。」〔47〕〔頁187〕與《釋文》來沃、來鐸讀吻合。二書與《王三》水名兩音可相當，來鐸三書完全一致，來沃、來屋的差異或可容許。唐五代的音義反切和詩文押韻都存在通攝中東冬先混的現象〔註119〕。

〔註117〕鄭張尚芳《上古音系》，上海教育出版社，2003年，第269頁，第504頁。

〔註118〕李格非主編《漢語大字典》（簡編本），四川辭書出版社，湖北辭書出版社，1996年，第832頁。

〔註119〕儲泰松《唐五代關中方音研究》，安徽大學出版社，2005年，第63頁。

「濼」字大徐音「盧谷切」[31][頁227]。

郝：鄉名，又呼各反。（昔韻，昌石反，519）

郝：地名，又人姓。（鐸韻，呵各反，525）

按：《說文・邑部》：「郝，右扶風鄠盩厔鄉。」[31][頁132] 段注云：「鉉本如此，謂右扶風之鄠縣、盩厔縣皆有郝鄉也。」段注引《玉篇》證「鄠」字衍[32][頁286]。郝，古鄉名，在今陝西省周至縣[註120]。

「郝」《王三・昔韻》另收於施隻反下，訓：「人姓，又呼各反。」[36][頁519]

此字經師費墨不算少，如《漢書・匈奴傳》：「郝宿王刑未央使人召諸王。」顏師古曰：「郝音呼各反。」[13][頁3789]《爾雅・釋訓》：「郝郝，耕也。」[9][頁39]《釋文》：「郝郝，音釋，又呼各反。」[17][頁414]《萬象名義・邑部》：「郝，舒石反。」[47][頁12] 大徐音「呼各切」[31][頁132]。呼各反/切即呵各反，音釋、音舒石反即音施隻反。然無明確爲地名注音者，亦未見音昌石反者。蓋姓氏、地名相關，故人姓亦與地名同音。昌石反者，與「赤」同音，「郝」之聲符也。

昌石、呵各、施隻三反，蓋呵各反最常見，《王三》昌石、施隻反後均注「又呼各反」。

漷：水名，在東海。（陌韻，虎伯反，521）

漷：水名，在魯。（鐸韻，苦郭反，525）

按：《說文・水部》：「漷水，在魯。」[31][頁227]《漢書・地理志》有「東海郡」[13][頁1588]，即魯。此一水二音。漷，古水名，今名南沙河，源出山東省滕縣東北，西南流入運河[註121]。

《經典釋文》共注「漷」九次，都表示水名：

《左傳・襄公十九年・釋文》：「漷水，好虢反，徐音郭，又虎伯反，《字林》口郭、口獲二反。」[17][頁262]

《左傳・哀公二年・釋文》：「取漷，火虢反，又音郭。」[17][頁298]

《公羊傳・隱公十年・釋文》：「取漷，火虢反，又音郭。」[17][頁308]

《公羊傳・莊公十一年・釋文》：「漷移，火虢反，又音郭。」[17][頁310]

[註120] 李格非主編《漢語大字典》（簡編本），四川辭書出版社，湖北辭書出版社，1996年，第1703頁。

[註121] 李格非主編《漢語大字典》（簡編本），四川辭書出版社，湖北辭書出版社，1996年，第799頁。

《公羊傳・襄公十九年・釋文》:「漷水，火虢反，徐音郭。」〔17〕〔頁319〕

《公羊傳・哀公二年・釋文》:「漷東，火虢反，徐音郭。」〔17〕〔頁323〕

《穀梁傳・襄公十九年・釋文》:「漷水，火虢反，又音郭。」〔17〕〔頁336〕

《穀梁傳・哀公二年・釋文》:「漷東，火虢反，又音郭。」〔17〕〔頁339〕

《公羊傳・昭公元年・釋文》:「于漷，音郭，又音虢，《左氏》作虢，《穀梁》作郭。」〔17〕〔頁320〕

前八條都以「火虢/好虢反曉陌」爲首音，「音郭見鐸」次於後。首條注的又讀稍稍複雜些，分別摘引了徐邈和呂忱兩家音讀。徐邈「音郭見鐸」作首音，「虎伯曉陌」作又音，恰巧和《釋文》第二至八條的情況倒了個個兒。《字林》「口郭溪鐸」、「口獲溪麥」二音是第一條記錄獨有的。末一條以「音郭見鐸」爲首，「音虢見陌」爲又音，「又音虢」有異文，可能不太可靠。

下面來排比一下《釋文》和《王三》的讀音。《釋文》欄音注右下角的數字表示該音注在《釋文》中出現了幾次，凡《釋文》用作首音的音注左上角都標上「*」號。

表格19 「漷」字《王三》及《釋文》音注

	曉　陌	見　鐸	見　陌	溪 鐸	溪 麥
釋文	*火虢 7，*好虢 1，虎伯 1	*音郭 1，又音郭 5，徐音郭 3	又音虢1	口郭 1	口獲 1
王三	虎伯			苦郭	

從表19看，「徐音郭」自然是徐邈音，「又音郭」或「音郭」應該亦摘自徐邈。很明顯，《釋文》以曉陌爲正切，其他都是「眾家別讀，苟有所取，靡不畢書，各題氏姓，以相甄識」〔註122〕的。徐邈雖家於京口，然祖籍東莞姑幕〔註123〕，呂忱任城人，且在家鄉一帶生活的時間比較多〔註124〕。「漷」是魯水，《釋文》倚重二家音切並不奇怪。

《切韻》的宗旨和《釋文》不太一樣，「廣聞見」不是韻書的任務，典範音讀纔是韻書的關注對象。徐邈見鐸讀和呂忱溪麥讀可能都因爲方音不夠典正而

〔註122〕見《經典釋文》陸德明序。陸德明《經典釋文》，中華書局，1983年，第2頁。

〔註123〕見吳承仕《經籍舊音序錄、經籍舊音辨證》，中華書局，1986年，第45頁。按，京口即今南京，東莞姑幕大致相當於今山東青州。

〔註124〕見簡啓賢《〈字林〉音注研究》，巴蜀書社，2003年，第4～5頁。按，任城相當於今山東濟寧之南。

不爲韻書所取。表 19 所列五音，聲見溪曉異讀，是很常見的異讀類型，「漷」字的見母讀大概有些俚俗。表 19 所列五音，韻陌鐸麥異讀，中古主元音分別是 *a、*ɑ、*e，麥顯然和陌鐸距離遠了點。

《王三》不取見鐸、見陌、溪麥，而在曉陌、溪鐸二音上和《釋文》對得上。曉陌在《釋文》中是首音，當是時音最認可的，至於溪鐸，《萬象名義・水部》：「漷，枯鑊反溪鐸。」〔47〕〔頁 187〕大徐音「苦郭切溪鐸」〔31〕〔頁 227〕，都可佐證《王三》取音的合理性。

上古鐸部包括《切韻》音系鐸韻和陌韻的全部字，溪曉又是很容易共享諧聲關係的兩個聲母，《王三》虎伯曉陌、苦郭溪鐸二反好比是一脈相傳的兄弟讀音。

> 浥：水名。（葉韻，紫萗反，522）
>
> 浥：水名。（葉韻，七接反，522）

按：《說文・水部》：「浥水也。」〔31〕〔頁 228〕此水不可考，唯《王二・葉韻》七接反下云：「浥，水名，在北地。」〔36〕〔頁 617〕

除《切韻》系書外，隋唐及前代音注僅見《萬象名義・水部》「浥，子妾反」〔47〕〔頁 188〕。

《萬象名義・水部》「子妾反」、大徐音「七接切」〔31〕〔頁 228〕分別與《王三》紫萗、七接反相對。二音精清異聲。

徵引文獻

C

〔1〕《初學記》，唐・徐堅撰，北京：中華書局，1962。

〔2〕《楚辭補注》，宋・洪興祖撰，北京：中華書局，1983。

〔3〕《春秋公羊傳注疏》，漢・何休注，唐・徐彥疏，黃侃經文句讀，上海：上海古籍出版社，1990。

〔4〕《春秋穀梁傳注疏》，晉・范甯注，唐・楊士勛疏，黃侃經文句讀，上海：上海古籍出版社，1990。

〔5〕《春秋左傳正義》，晉・杜預注，唐・孔穎達等正義，黃侃經文句讀，上海：上海古籍出版社，1990。

〔6〕《春秋左傳注》，楊伯峻編著，第2版，北京：中華書局，1990。

D

〔7〕《大廣益會玉篇》，梁・顧野王著，宋・丁度等廣益，北京：中華書局，1987。

〔8〕《讀史方輿紀要》，清・顧祖禹撰，上海：上海書店出版社，1998。

E

〔9〕《爾雅校箋》，周祖謨撰，昆明：雲南人民出版社，2004。

F

〔10〕《方言校箋》，周祖謨校箋，北京：中華書局，1993。

G

〔11〕《廣雅疏證》，清．王念孫撰，南京：江蘇古籍出版社，1984。

〔12〕《國語集解》，徐元誥撰，王樹民、沈長雲點校，北京：中華書局，2002。

H

〔13〕《漢書》，漢．班固撰，唐．顏師古注，北京：中華書局，1962。

〔14〕《後漢書集解》，劉宋．范曄撰，唐．李賢等注，王先謙集解，北京：中華書局，1984。

J

〔15〕《校訂五音集韻》，金．韓道昭撰，甯忌浮校訂，北京：中華書局，1992。

〔16〕《晉書》，唐．房玄齡等撰，北京：中華書局，1974。

〔17〕《經典釋文》，唐．陸德明撰，徐乾學通志堂本，北京：中華書局，1983。

L

〔18〕《類篇》，宋．司馬光等編，北京：中華書局，1984。

〔19〕《禮記集解》，清．孫希旦撰，沈嘯寰、王星賢點校，北京：中華書局，1989。

〔20〕《龍龕手鏡》，遼．釋行均編，高麗本，北京：中華書局，1985。

〔21〕《論語集釋》，程樹德撰，程俊英、蔣見元點校，北京：中華書局，1990。

Q

〔22〕《齊民要術校釋》，北魏．賈思勰撰，繆啓愉校釋，第二版，北京：中國農業出版社，1998。

〔23〕《群經音辨》，宋．賈昌朝撰，叢書集成初編本，上海：商務印書館，1939。

S

〔24〕《三國志》，晉．陳壽撰，劉宋．裴松之注，北京：中華書局，1959。

〔25〕《山海經注證》，郭郛注，北京：中國社會科學出版社，2004。

〔26〕《尚書今古文注疏》，清．孫星衍撰，陳抗、盛冬鈴點校，北京：中華書局，1986。

〔27〕《詩三家義集疏》，清．王先謙撰，吳格點校，北京：中華書局，1987。

〔28〕《石渠寶笈》，清．張照等著，《四庫全書》第825冊，臺北：臺灣商務印書館，1983。

〔29〕《史記》，漢．司馬遷撰，劉宋．裴駰集解，唐．司馬貞索隱，唐．張守節正義，北京：中華書局，1959。

〔30〕《水經注校證》，北魏．酈道元著，陳橋驛校證，北京：中華書局，2007。

〔31〕《說文解字》，漢．許慎撰，宋．徐鉉校定，北京：中華書局，1963。

〔32〕《說文解字注》，漢・許慎撰，清・段玉裁注，杭州：浙江古籍出版社，1998。

〔33〕《宋本廣韻》，宋・陳彭年編，張氏澤存堂本，北京：中國書店，1982。

〔34〕《宋刻集韻》，宋・丁度等編，北京圖書館所藏宋本，北京：中華書局，1989。

〔35〕《隋書》，唐・魏徵等撰，北京：中華書局，1973。

T

〔36〕《唐五代韻書集存》，周祖謨編，北京：中華書局，1983。

〔37〕《通雅》，明・方以智著，影印清康熙姚文燮浮山此藏軒刻本，北京：中國書店，1990。

W

〔38〕《文選》，梁・蕭統編，唐・李善注，北京：中華書局，1977。

X

〔39〕《新集藏經音義隨函錄》，五代・釋可洪撰，《中華大藏經》第59、60冊，影印麗藏本，中華書局，1993。

Y

〔40〕《顏氏家訓集解》，王利器集解，增補本，北京：中華書局，1993。

〔41〕《一切經音義》，唐・釋慧琳撰，影印日本獅谷白蓮社刻本，上海：上海古籍出版社，1986。

〔42〕《原本玉篇殘卷》，梁・顧野王編撰，北京：中華書局，1985。

Z

〔43〕《戰國策集注彙考》，諸祖耿撰，南京：江蘇古籍出版社，1985。

〔44〕《周禮正義》，清・孫詒讓撰，王文錦、陳玉霞點校，北京：中華書局，1987。

〔45〕《周書》，唐・令狐德棻等撰，北京：中華書局，1971。

〔46〕《周易集解纂疏》，清・李道平撰，潘雨廷點校，北京：中華書局，1994。

〔47〕《篆隸萬象名義》，日・釋空海編，北京：中華書局，1995。

〔48〕《莊子集釋》，清・郭慶藩撰，王孝魚點校，第2版，北京：中華書局，2004。

〔49〕《資治通鑑》，宋・司馬光編著，元・胡三省音注，「標點資治通鑑小組」校點，北京：中華書局，1956。

參考文獻

一、專著

1. 北京大學中國語言文學系語言學教研室，2003，《漢語方音字匯》（第二版），北京：語文出版社。
2. 蔡夢麒，2007，《〈說文解字〉字音注釋研究》，濟南：齊魯書社。
3. 陳　垣，2004，《史諱舉例》，北京：中華書局。
4. 儲泰松，2002，《可洪音義研究》，上海：復旦大學博士後研究工作出站報告。
5. ———，2005，《唐五代關中方音研究》，合肥：安徽大學出版社。
6. 丁　鋒，1995，《〈博雅音〉音系研究》，北京：北京大學出版社。
7. 高本漢，1997，《漢文典》，上海：上海辭書出版社。
8. 古德夫，1993，《漢語中古音新探》，南京：江蘇教育出版社。
9. 范新幹，2002，《東晉劉昌宗音研究》，武漢：崇文書局。
10. 葛信益，1993，《廣韻叢考》，北京：北京師範大學出版社。
11. 郭錫良，1986，《漢字古音手冊》，北京：北京大學出版社。
12. 蔣希文，1999，《徐邈音切研究》，貴陽：貴州教育出版社。
13. 黃淬伯，1931，《慧琳〈一切經音義〉反切考》，《歷史語言研究所專刊》（第6號）。
14. ———，1998，《唐代關中方言音系》，南京：江蘇教育出版社。
15. 黃典誠，1994，《〈切韻〉綜合研究》，廈門：廈門大學出版社。
16. ———，2003，《黃典誠語言學論文集》，廈門：廈門大學出版社。
17. 黃　侃，2006，《廣韻校錄》，北京：中華書局。
18. 黃坤堯，1997，《音義闡微》，上海：上海古籍出版社。

19. 黄笑山，1995，《〈切韻〉和中唐五代音位系統》，臺北：文津出版社。
20. 黄　焯，1980，《經典釋文彙校》，北京：中華書局。
21. 黄　焯、鄭仁甲，1997，《經典釋文索引》，北京：中華書局。
22. 簡啓賢，2003，《〈字林〉音注研究》，成都：巴蜀書社。
23. 李方桂，1980，《上古音研究》，北京：商務印書館。
24. 李格非主編，1996，《漢語大字典》（簡編本），成都：四川辭書出版社，武漢：湖北辭書出版社。
25. 李　榮，1956，《切韻音系》，北京：科學出版社。
26. ———，1982，《音韻存稿》，北京：商務印書館。
27. 劉　復、羅常培、魏建功，1936，《十韻彙編》，臺北：學生書局 1984 年。
28. 龍宇純，1968，《唐寫全本王仁昫刊謬補缺切韻校箋》，香港：香港中文大學。
29. ———，2002，《中上古漢語音韻論文集》，臺北：五四書店、利氏學社。
30. 魯國堯，2003，《魯國堯語言學論文集》，南京：江蘇教育出版社。
31. 吕　浩，2006a，《〈篆隸萬象名義〉校釋》，上海：學林出版社。
32. ———，2006b，《〈篆隸萬象名義〉研究》，上海：上海古籍出版社。
33. 羅常培，1961，《唐五代西北方音》，北京：科學出版社。
34. 羅常培、周祖謨，2007，《漢魏晉南北朝韻部演變研究》（第一分册），北京：中華書局。
35.〔法〕馬伯樂，2005，《唐代長安方言考》（中譯本，聶鴻音譯），北京：中華書局。
36. 梅祖麟，2000，《梅祖麟語言學論文集》，北京：商務印書館。
37. 潘悟雲，2000，《漢語歷史音韻學》，上海：上海教育出版社。
38.〔日〕平山久雄，2005，《平山久雄語言學論文集》，北京：商務印書館。
39.〔法〕沙加爾，2004，《上古漢語詞根》（中譯本，龔群虎譯），上海：上海教育出版社。
40. 邵榮芬，1982，《切韻研究》，北京：中國社會科學出版社。
41. ———，1995，《〈經典釋文〉音系》，臺北：學海出版社。
42. ———，1997，《邵榮芬音韻學論集》，北京：首都師範大學出版社。
43. 沈建民，2007，《〈經典釋文〉音切研究》，北京：中華書局。
44. 史有爲，2004，《外來詞：異文化的使者》，上海：上海辭書出版社。
45. 孫玉文，2007，《漢語變調構詞研究》（增訂本），北京：商務印書館。
46. 徐時儀，1997，《慧琳音義研究》，上海：上海社會科學院出版社。
47. ———，2005，《玄應〈眾經音義〉研究》，北京：中華書局。
48. 萬獻初，2004，《〈經典釋文〉音切類目研究》，北京：商務印書館。
49. 王　力，1980，《漢語史稿》（新 1 版），北京：中華書局。
50. ———，1985，《漢語語音史》，北京：中國社會科學出版社。

51. 魏建功，2001，《魏建功文集》（第二卷），南京：江蘇教育出版社。
52. 吳承仕，1984，《經典釋文序錄疏證》，北京：中華書局。
53. ———，1986，《經籍舊音序錄、經籍舊音辨證》，北京：中華書局。
54. 向　熹，1997，《詩經詞典》（修訂本），成都：四川人民出版社。
55. 徐朝東，2008，《蔣藏本〈唐韻〉研究》（待刊稿），北京：商務印書館。
56. 嚴學宭，1990，《廣韻導讀》，成都：巴蜀書社。
57. 姚永銘，2003，《慧琳〈一切經音義〉研究》，南京：江蘇古籍出版社。
58. 余迺永，2000，《新校互註宋本廣韻》（增訂本），上海：上海辭書出版社。
59. 張渭毅，2006，《中古音論》，開封：河南大學出版社。
60. 張涌泉，1995，《漢語俗字研究》，長沙：嶽麓書社。
61. 趙　誠，1979，《中國古代韻書》，北京：中華書局。
62. 鄭張尚芳，2003，《上古音系》，上海：上海教育出版社。
63. 周法高，1962，《中國古代語法·構詞編》，臺北：中央研究院歷史語言研究所。
64. 周振鶴、游汝傑，2006，《方言與中國文化》（第 2 版），上海：上海人民出版社。
65. 周祖謨，1966，《問學集》，北京：中華書局。
66. ———，2001，《周祖謨語言學論文集》，北京：商務印書館。
67. 周祖庠，1995，《原本玉篇零卷音韻》，貴陽：貴州教育出版社。
68. ———，2001，《〈篆隸萬象名義〉研究》，銀川：寧夏人民出版社。
69. 〔日〕坂井健一，1975，《魏晉南北朝字音研究——經典釋文所引音義考》，東京：汲古書院。
70. TING Pang-hsin（丁邦新），1975，*Chinese Phonology of the Wei-chin Period: Reconstruction of the Finals as Reflected in Poetry*. Taipei: Institute of History and Philology Academia Sinica.

二、單篇論文

1. 呂　厚，1962，《隋代詩文用韻與〈廣韻〉的又音》，《中國語文》第 8 期。
2. 陳亞川，1981，《〈方言〉郭璞注的反切上字》，《中國語文》第 2 期。
3. ———，1983，《〈方言〉郭璞注的反切下字》，《中國語文》第 6 期。
4. 儲泰松，2001，《唐代的秦音與吳音》，《古漢語研究》第 2 期。
5. 儲泰松、蔣雯，2006，《普通話音節的四聲分佈及其例外分析》，《語言文字應用》第 4 期。
6. 丁邦新，1995，《重建中古音系的一些想法》，《中國語文》第 6 期。
7. 董達武，1990，《〈爾雅〉音注記略》，《語文論叢》（第 4 輯），上海教育出版社：96～99。
8. 范新幹，1998，《劉昌宗音切的聲母系統》，《語言研究》增刊。

9. 方孝岳，1979，《論〈經典釋文〉的音切和版本》，《中山大學學報》第 3 期。
10. 古敬恒，1989，《沈重音述略》，《徐州師範學院學報》（社科版）第 3 期。
11. 關長龍、曾波，2004，《敦煌韻書斯二〇五五之謎》，《浙江與敦煌學：常書鴻先生誕辰一百周年紀念文集》，浙江古籍出版社：445～452。
12. 黃淬伯，1930a，《慧琳〈一切經音義〉反切聲類考》，《歷史語言研究所集刊》第 1 本第 2 分：165～182。
13. ———，1930b，《慧琳〈一切經音義〉反切考韻表》，《國學論叢》第 2 卷第 2 期：229～250。
14. 黃典誠，1984，《反切異文在音韻發展研究中的作用》，《語言教學與研究》第 4 期。
15. ———，1986，《曹憲〈博雅音〉研究》，《音韻學研究》（第 2 輯），中華書局：63～82。
16. 黃錦君，1986，《〈後漢書〉李賢注反切考》，《四川大學學報叢刊》第 32 輯。
17. 黃　侃，2006，《蘄春語》，《黃侃國學文集》，中華書局：305～337。
18. 黃坤堯，1994，《〈史記〉三家注之開合現象》，《中國語文》第 2 期。
19. 黃笑山，1994，《試論唐五代全濁聲母的「清化」》，《古漢語研究》第 3 期。
20. ———，1997，《〈切韻〉于母獨立試析》，《古漢語研究》第 3 期。
21. ———，1998，《中古音研究的回顧與展望》，《古漢語研究》第 4 期。
22. ———，2001，《二十世紀唐代音韻研究綱要》，《浙江大學漢語史研究中心簡報》第 4 期。
23. ———，2002，《中古二等韻介音和〈切韻〉元音數量》，《浙江大學學報》（人文社會科學版）第 1 期。
24. ———，2002，《〈切韻〉元音分韻的假設和音位化構擬》，《古漢語研究》第 3 期。
25. ———，2005，《音位構擬的原則及相關問題》，《音史新論：慶祝邵榮芬先生八十壽辰學術論文集》，學苑出版社：176～193。
26. ———，2006，《對國際音標及其譯名的理解》，《浙江大學學報》（人文社會科學版）第 5 期。
27. ———，2006，《中古-r-介音消失所引起的連鎖變化》，《山高水長：丁邦新先生七秩壽慶論文集》，中央研究院語言學研究所：907～919。
28. ———，2007，《〈切韻〉韻目小注「同」與「別」》，《語言研究集刊》（第 4 輯），上海辭書出版社：143～160。
29. ———，2008，《〈切韻〉27 聲母的分佈——用黃伯虔師「輕重不平衡」理論處理〈切韻〉的作業》，《漢語史學報》（第七輯），上海教育出版社：72～83。
30. 簡啓賢，1993，《李軌音注考》，《雲南教育學院學報》第 3 期。
31. ———，1994，《郭象音注考》，《雲南教育學院學報》第 6 期。
32. 雷昌蛟，1996，《〈博雅音〉聲類考》，《貴州大學學報》（社會科學版）第 1 期。

33. ———，1999，《〈博雅音〉中的特殊音切》，《遵義師範高等專科學校學報》第 1 期。
34. 李葆嘉，1996a，《〈廣韻〉眞諄部反切下字類隔芻議》，《古漢語研究》第 1 期。
35. ———，1996b，《〈廣韻〉大韻韻目與小韻韻目之字同切異考》，《語言研究》增刊。
36. 李長庚，1998，《〈文選〉舊音的音系性質問題》，《漢語史研究集刊》(第 1 輯下)，巴蜀書社：362～367。
37. 李長仁，1996a，《談〈廣韻〉「又讀」中的假借》，《松遼學刊》(社會科學版) 第 1 期。
38. ———，1996b，《論漢字異讀與詞義的發展》，《求是學刊》第 2 期。
39. 李長仁、方勤，1983，《試談〈廣韻〉「又讀」對漢語語音史研究的價值》，《松遼學刊》第 2 期。
40. 李無未，1993，《〈晉書音義〉的「協韻音」》，《吉林大學社會科學學報》第 1 期。
41. 林　濤，1989，《〈廣韻〉少數字今讀與其反切規律音有別的原因》，《廣西大學學報》第 1 期。
42. 劉廣和，2005，《南朝梁語聲母系統初探》，《音史新論：慶祝邵榮芬先生八十壽辰學術論文集》，學苑出版社：209～216。
43. 劉曉南，1996a，《〈廣韻〉又音考誤》，《古漢語研究》第 1 期。
44. ———，1996b，《從〈廣韻〉又音看古代的語流音變》，《語言研究》增刊。
45. 劉興均，1991，《徐邈五經音訓中的直音淺析》，《西南師範大學學報》(人文社會科學版) 第 4 期。
46. 龍異騰，1994，《〈史記正義〉反切考》，《貴州師範大學學報》(社會科學版) 第 1 期。
47. ———，1998，《從唐代史書注解反切看輕重唇音的分化》，《漢語史研究集刊》(第 1 輯下)，巴蜀書社：368～383。
48. 陸志韋，1963，《古反切是怎樣構造的》，《中國語文》第 5 期。
49. 呂朋林，1998，《〈爾雅〉直音考略》，《語言研究》增刊。
50. 羅偉豪，1983，《關於〈切韻〉「又音」的類隔》，《學術研究》第 4 期。
51. 馬重奇，1987，《顏師古〈漢書注〉中的「合韻音」淺論》，《福建師範大學學報》(社會科學版) 第 1 期。
52. ———，1990，《顏師古〈漢書注〉反切考》，《福建師範大學學報》(社會科學版) 第 3 期。
53. 麥　耘，2001，《「黽」字上古音歸部說》，《華學》(第 5 輯)，中山大學出版社。
54. 梅祖麟，1980，《四聲別義中的時間層次》，《中國語文》第 6 期。
55. 歐陽宗書，1988，《〈漢書・音注〉的韻母系統及其語音基礎》，《江西大學研究生學刊》第 2 期。

56. ———，1990，《〈漢書·音注〉聲母系統》，《江西大學學報》（社會科學版）第4期。
57. 潘悟雲，1997，《喉音考》，《民族語文》第5期。
58. ———，2001，《反切行爲與反切原則》，《中國語文》第2期。
59. ———，2002，《流音考》，《東方語言與文化》，東方出版中心：118～146。
60. 盤曉愚，1998，《〈經典釋文〉劉昌宗反切韻類考》，《語言研究》增刊。
61. ———，1999，《〈經典釋文〉中劉昌宗反切聲類考》，《貴州大學學報》（社會科學版）第2期。
62. 彭輝球，1991，《〈爾雅〉郭璞注的反切（上）》，《湘潭大學學報》第4期。
63. ———，1993，《〈爾雅〉郭璞注的反切（下）》，《湘潭大學學報》第2期。
64. 任福祿，1993a，《顏師古〈漢書注〉中的齒音喉音反切聲類》，《青海師範大學學報》（社會科學版）第1期。
65. ———，1993b，《顏師古〈漢書注〉舌音唇音反切聲類研究——兼與馬重奇先生商榷》，《古漢語研究》第3期。
66. ———，1994，《顏師古〈漢書注〉喉音反切聲類再研究》，《求是學刊》第5期。
67. ———，2005，《試論〈晉書音義〉的舌音分化問題》，《江西師範大學學報》（哲學社會科學版）第4期。
68. 〔法〕沙加爾，1995，《沙加爾的評論》，《漢語的祖先》，中華書局2005年：514～548。
69. 邵榮芬，1964，《〈五經文字〉的直音和反切》，《中國語文》第3期。
70. ———，1981，《〈晉書音義〉反切的語音系統》，《語言研究》第1期。
71. ———，1989，《〈經典釋文〉的重音音切》，《中國語文》第6期。
72. ———，1991，《陸德明反切用字析略》，《語言研究》（語音的研究）增刊。
73. 沈建民，2002，《試論異讀——從〈經典釋文〉音切看漢字的異讀》，《語言研究》第3期。
74. 施向東，2005，《聯綿詞的音韻學透視》，《音史新論：慶祝邵榮芬先生八十壽辰學術論文集》，學苑出版社：376～388。
75. 石　磊，2000，《〈五經文字〉音注反映的中唐語音現象》，《古籍整理研究學刊》第4期。
76. 時建國，2005，《〈經典釋文〉直音的性質》，《古漢語研究》第1期。
77. 孫玉文，1993a，《李賢〈後漢書〉音注的音系研究（上）》，《湖北大學學報》第5期。
78. ———，1993b，《李賢〈後漢書〉音注的音系研究（下）》，《湖北大學學報》第6期。
79. 萬獻初，2005，《〈經典釋文〉研究綜論》，《古籍整理研究學刊》第1期。
80. 汪壽明，1980，《從〈廣韻〉的同義又讀字談〈廣韻〉音系》，《上海師範大學學報》第3期。

81. 王　力，1980，《玄應〈一切經音義〉反切考》，《武漢師範學院學報》第 3 期。
82. ———，1984，《〈經典釋文〉反切考》，《音韻學研究》（第 1 輯），中華書局：23～77。
83. 王智群，2003，《二十年來顏師古〈漢書注〉研究述略》，《古籍整理研究學刊》第 4 期。
84. 謝紀鋒，1990，《〈漢書〉顏氏反切聲類系統研究》，《學術之聲》（第 3 輯）。
85. ———，1991，《〈漢書〉顏氏直音釋例》，《北京師範大學學報》（社會科學版）第 6 期。
86. ———，1992a，《〈漢書〉音切校議》，《內蒙古民族師範學院學報》（哲學社會科學・漢文版）第 2 期。
87. ———，1992b，《〈漢書〉顏氏音切韻母系統的特點——兼論〈切韻〉音系的綜合性》，《語言研究》第 2 期。
88. ———，1996，《〈漢書〉音切校議（續）》，《薪火編》，山西高校聯合出版社：365～387。
89. ———，2005，《〈說文〉讀若韻母系統考》，《音史新論：慶祝邵榮芬先生八十壽辰學術論文集》，學苑出版社：48～61。
90. 徐之明，1994，《〈文選〉李善音注聲類考》，《貴州大學學報》（社會科學版）第 4 期。
91. ———，1995，《〈文選〉李善注音切校議》，《貴州大學學報》（社會科學版）第 3 期。
92. ———，1997a，《〈文選〉聯綿字李善易讀音切考辨》，《貴州大學學報》（社會科學版）第 3 期。
93. ———，1997b，《〈文選〉聯綿詞李善易讀音切續考》，《貴州大學學報》（社會科學版）第 4 期。
94. ———，1999a，《〈文選〉五臣音鈎稽》，《貴州文史叢刊》第 5 期。
95. ———，1999b，《〈文選音決〉反切韻類考》，《貴州大學學報》（社會科學版）第 6 期。
96. ———，2000a，《〈文選音決〉反切聲類考》，《漢語史研究集刊》（第 2 輯），巴蜀書社：330～345。
97. ———，2000b，《李善反切系統中特殊音切例釋》，《古漢語研究》第 1 期。
98. ———，2001，《〈文選〉五臣音聲類考》，《貴州大學學報》（社會科學版）第 6 期。
99. ———，2003，《〈文選〉五臣音特殊音切與〈文選〉解讀》，《貴州文史叢刊》第 4 期
100. ———，2004，《〈文選音決〉反切異音與〈文選〉校讀》，《貴州教育學報》（社會科學版）第 6 期。
101. 游尚功，1988，《司馬貞〈史記索隱〉聲類》，《貴州大學學報》第 1 期。

102. ———，1995，《張守節〈史記正義〉中的重紐》，《黔南民族師專學報》（哲社版）第 1 期。

103. 游尚功、廖廷章，1994，《李賢〈後漢書〉注聲類考》，《貴州教育學報》（社科版）第 2 期。

104. 余行達，1992，《說〈廣韻〉的又音》，《阿壩師專學報》第 2 期。

105. ———，1993，《再說〈廣韻〉的又音》，《阿壩師專學報》第 1 期。

106. 尉遲治平，1982，《周隋長安方音初探》，《語言研究》第 2 期。

107. 趙克剛，1989，《〈經典釋文〉鄭玄音聲母系統》，《古漢語研究》第 3 期。

108. 趙　銳，1961，《〈廣韻〉又讀字的研究》，《哈爾濱師範學院學報》（人文版）第 1 期。

109. 趙振鐸，1984，《〈廣韻〉的又讀字》，《音韻學研究》（第 1 輯），中華書局：314～329。

110. 張　潔，1995，《〈文選〉李善音切校議》，《古漢語研究》第 1 期。

111. ———，1998，《〈文選〉李善注的直音和反切》，《語言研究》增刊。

112. ———，1999a，《李善音系與公孫羅音系聲母的比較》，《中國語文》第 6 期。

113. ———，1999b，《〈音決〉聲母考》，《古漢語研究》第 4 期。

114. 張渭毅，2000，《二十世紀的漢語中古音研究》，《南陽教育學院學報》第 1 期。

115. 張涌泉，2001，《近一個世紀以來的敦煌語言文字研究》，《浙江大學漢語史研究中心簡報》第 2 期。

116. 鄭林嘯，2000，《〈篆隸萬象名義〉唇音、舌音及半齒音研究》，《中國音韻學研究會第十一屆學術討論會、漢語音韻學第六屆國際學術研討會論文集》，香港文化教育出版社：166～170。

117. 鄭張尚芳，1998 《緩氣急氣爲長短元音解》，《語言研究》增刊。

118. 鍾兆華，1982，《顔師古反切考略》，《古漢語研究論文集》，北京出版社：16～52。

119. 周法高，1948，《玄應反切考》，《歷史語言研究所集刊》第 20 本。

120. ———，1948，《從玄應音義考察唐初的語音》，《學原》第 2 卷第 3 期。

121. ———，1984，《玄應反切再論》，《大陸雜誌》第 69 卷第 5 期。

122. 〔日〕古屋昭弘，1979，《王仁昫切韻に見える原本系玉篇の反切——又音反切と中心に》，《中國文學研究》第 5 期。

123. ———，1983，《〈王仁昫切韻〉新加部分に見える引用書名等について》，《中國文學研究》第 9 期。

124. ———， 1984，《王仁昫切韻と顧野王玉篇》，《東洋學報》第 3・4 號。

125. Downer 1959 *Derivation by Tone-Change in Classical Chinese*, Bulletin of the School of Oriental and African Studies, Vol.22, No.1/3.

三、學位論文

1. 曹　潔，2004，《〈王三〉又音研究》，安徽師範大學碩士學位論文。

2. ——，2007，《裴務齊正字本〈刊謬補缺切韻〉研究》，南京大學博士學位論文。

3. 何大安，1981，《南北朝韻部演變研究》，臺灣大學博士學位論文。

4. 王月婷，2007，《〈經典釋文〉異讀之音義規律探賾——以幫組和來母字爲例》，浙江大學博士學位論文。

5. 徐朝東，2002，《蔣藏本〈唐韻〉研究》，南京大學博士學位論文。

6. 周玟慧，2003，《從中古音方言層重探〈切韻〉性質——〈切韻〉、〈玄應音義〉、〈慧琳音義〉的比較研究》，臺灣大學博士學位論文。